一筆入魂

怡慧老師的創作人生課

宋怡慧——著

推薦序
暗夜拓荒

作家 林佳樺

武林高手總有不傳之秘，大廚也是，他們可以讓你知道口訣、招式、食譜，但「心法」、「獨門配方」通常蒙上神秘面紗，以至於我們得知上乘功夫或一位難求的馳名料理，往往升起強烈的渴慕。

怡慧身為暢銷、多產作家，卻在新作《一筆入魂》中詳記「寫作起手式」，從寫作素材的找尋、站在不同角度思索事情、到實地演練「虛實轉化技巧」、將故事說得精采及如何精算寫作時間，一招招地拆解，讓寫作0經驗的人跨到1的道路。

0到1看似只有1，然而這個1是深海之溝，如幼兒從爬到走，之後學習單車從三輪進階到兩輪，游泳從手持浮板到學會換氣。1有時很深，但掌握訣竅，那個1便小於1了。然而這個「訣竅」便是武林高手的心法，聽過一、兩遍，仍然無法著心，你得踏實地親自實踐「書寫」。美國詩人史坦利・康尼茲（Stanley Kunitz）曾說：「腦中的詩句總是完美的，當你試著轉變成語言寫下來時，阻力就來了。」創作者腦內有許多天馬行空的靈感與想像力，但如何將這些抽象思考轉成文字呢？

《一筆入魂》便是讓「不會下筆」者進階到「無事不能下筆」的助攻書。此書三大章節、底下各六篇細目，帶讀者一窺寫作閫奧。以前碩班書法課時，教授介紹鋼筆字每款筆尖由於軟硬、特性不同，在紙張上呈現出來的寬橫細豎線條也殊異，各有其適合書寫的文字，如「弧形筆尖」具有45度磨削的特色，適合複雜的中文、日文書法。《一筆入魂》此書十八篇章讓我們在閱讀過程，可停頓下來想想、再前進，甚至轉個彎重翻前一章，思考自己適合用什麼風格的文筆表露想法。即使有經驗的寫作者，也時常需要停下來將文字語言磨一磨。曾榮獲兩次日本本屋大賞的小說家橫山秀夫曾說：「語言是一種武器，是前端磨得鋒利，可以把對手的心戳出千瘡百孔的心理戰工具。」當寫作者的文筆經常打磨，不需做作的藻飾，就以文字勾住讀者的心了。

殘酷的是人的資質各異，對於功夫有人一日能入門，有人修行數年只不過習得皮毛。創作像在暗夜拓荒，對於多人寫過的題材，寫作者得在荒地另尋可栽種的土壤；好不容易植入了下筆的種子，長期除草澆灌，幼苗也不知能否如願長大。這條路漫長有之、寂寞甘苦有之，幸而怡慧此書，讓你我在暗夜墾荒中探進一點光。

推薦序

職人宋怡慧何以一筆入魂？

《人生路引》作者 楊斯棓 醫師

具跨國知名度的宋怡慧老師不只著作等身，能寫還能講。過去的作品，從各個面向勸誘人閱讀；這次新作問世，則特別著墨於書寫。

聊到「閱讀寫作」，一定有人舉手：「只讀不寫不行嗎？」當然行，很多事情我們不必從眾，我們可以有自己的一套。但在「有自己的一套」之前，有一些基本觀念還是得釐清。

試問何謂「讀過」一本書？買了翻過？略讀一次？徹頭徹尾細細品讀過？

（補充說明：我並不是說每一本書都需要「徹頭徹尾細細品讀過」才算「讀過」。《如何閱讀一本書》（推薦台灣商務印書館的版本）有教讀者分辨哪些書需要細細品讀，我認為《追憶似水年華》就需要。）

名家早就踩著「讀而後寫」的飛輪健身

然而，有一種人，讀畢一本書之後，習慣寫下幾段話，甚至是一篇文章。譬如朱敬一院士的《牧羊人讀書筆記》就是這樣寫就的一本作品，王汎森院士如此評論：「他往往能批判或進一步延伸讀書的內容，善於說出作者還來不及說出的下一句話。」

傅月庵先生的《閉門讀書：生涯似蠹魚筆記》也是我愛不釋手的同類作品。事實上，二十年來，傅先生撰寫了四本閱讀感想：從《生涯一蠹魚》（2002）、《天上大風：生涯餓蠹魚筆記》（2006）、《一心惟爾：生涯散蠹魚筆記》（2015）到《閉門讀書：生涯似蠹魚筆記》（2022），本本雋永耐讀。

名家董存爵「翻看了許多陳年筆記，補讀了許多沒有細讀的舊書，也重讀了許多偏愛的老書」，寫成《讀書便佳》，「記錄讀書的一慮和一得」。

就算不提名家，凡讀而後寫的人，都較清楚自己究竟吸收了什麼，改變了什麼觀念，也較有能力轉述他人重點何在，因此能牢記一段段新知。養成「讀而後寫」的習慣，將愈寫愈快，愈寫愈有成就感，同時也將更了解書中重點何在。

建立好習慣有兩個最好的時機：一個是以前，一個是當下！

為什麼有些人看似自然而然地養成「讀而後寫」的習慣，舉手投足，似乎都不費吹灰之力？

有些人可能自小家庭環境使然，父母兄姐如此，是以，耳濡目染。有些人可能受教於良師，在受鼓勵的環境下長大，一路如沐春風。有些人可能寫作得了獎，或是發臉書之後，被狂讚瘋傳，受到「寫得好」的肯定，甚至是被認證為新聞媒體願意引用的一個「咖」，正回饋機制持續啟動，無怪乎愈寫愈有勁。

如果先天沒有家庭環境，尚未遇見心中理想人師，也尚未得獎，那還有什麼機會養成「讀而後寫」的習慣？答案就在本書。

讀書重點在讀不在書，可讀風景可讀人，也無風雨也無晴

讀萬卷書，行萬里路，乍聽是一句臭酸的老生常談。

受邀幫怡慧老師撰序時，我人在英國的皮卡迪利圓環（Piccadilly Circus）。當時豔陽高照，偕妻正快步走向餐廳，妻問佇立的銅像是誰，我馬虎敷衍，只圖入席裹腹。

隔日，我讀到香江第一才子陶傑以皮卡迪利圓環（因講粵語的關係，陶傑筆下稱「比卡地利」）撰寫的一篇短文，我引述幾句：

「廣場中央有一個黑銅鑄成的丘比特像，翹足振翼，引弩欲射，銅像下長坐著一千年輕男女，人人來到此地等另一個人，不見不散。」

「多年前的馬車在此迴旋改道，車聲轔轔，今日都化作市虎的煙塵。難怪王爾德筆下的一位旅行家剛自非洲歸來，便驚歎其旅途最驚險的一段，是歸回後橫越比卡地利廣場紛亂的交通。」

「因為有這座世紀的廣場，令人覺得初戀如果不能發生在巴黎或羅馬，最少還可以在倫敦，在細雨裏用一把黑雨傘把沉重的維多利亞時代斜斜地撐起，引弓搭箭的愛神在上，為一百年來銅像下天荒地老的癡情作見證。」

回想前一日，我不禁羞赧。讀書之後可以寫，讀「景」之後，當然也可以寫！

康有為的《瑞典遊記》，把大小事的花費記載得清清楚楚。譬如住飯店，他這麼記述：「入克蘭大客社，亦瑞典京最大者，每人每日每室僅數克郎。」論食物，他說：「飲食烹飪亦過他國，概皆歐土大國所無者，而價甚賤」，「每食，人七十錢，而有廿二品，多魚蝦異物，甜酸皆備。其價賤而品多，味亦新異，蓋歐土所未見也。」

康有為筆下，一百年前的瑞典是這樣：「流觀道路之廣潔，仰視樓閣之崇麗，周遭邂逅仕女之昌豐妙麗。」

他用十四個字，把瑞典的地理講得絕妙：「島外有湖湖外島，山中為市市中山。」

輕重緩急搭番茄鐘，宋怡慧如錐處囊中

認識怡慧老師幾年，讀遍她的著作，數度受邀到她任職的學校演說，也在線上和她對談過《愛的藝術》，臉書上亦經常關注她，意思是：我知道她有多忙碌。在正事如雲，瑣事如麻下，週間早上，總能讀到怡慧老師的臉書又發了讀完新書的閱讀心得。

譬如七月十一日，她分享了閱讀廖泊喬醫師的新作《古人解憂療癒帖》的讀後感。週末則驚奇更多，她可以早上人還在新北演講，傍晚已經趕赴台中，再講一場。

一定有人好奇，她的時間怎麼榨出？我認為有三大重點：棄追新聞熱點、事分輕重緩急、並據此分配時間跟專注力。

我觀察她鮮少追新聞熱點，舉凡大學生狂吃白飯給店家一顆星或是誰家土地種菜種蔥停特斯拉還是馬自達，她棄談這類話題。我說她「棄談」，並非拐彎抹角地說她「避世」，而是談這些事情，跟她「閱讀傳教士」的角色

無關，既然無關，棄追就是省下時間、省下專注力，時間就跟金錢一樣，懂得儲蓄，才是王道。

怡慧老師把自己必須書寫的文體，依照不同的類型（譬如臉書文、推薦序或是自己的創作等），評估其重要性（及爽度），給予不同的時間資源，並繪製成一張實用表格。此表格我一看就嚇傻，我的書寫盲點赫然在列：我花太多時間寫臉書了。

相較臉書，繼續埋首自己的下一本書，心理壓力大得多，正因如此，我嚷嚷時間不夠，新書寫作進度停滯時，卻總是又產出幾篇臉書文，有時還意外引起臉友瘋傳跟媒體報導。但回頭看，與其產出這些數量的臉書文，不如寫個四分之一就好，剩下的時間，拿來發想或撰寫作品，才是正道。

古人說：「窺一斑而知全豹！」

我說：「窺此書而知宋怡慧全貌！」

推薦序

將創作智慧融入現實生活的兩用之書

《內在原力》系列作者、ＴＭＢＡ共同創辦人　愛瑞克

我本身是一位全職閱讀者，每年閱讀超過一千本書（大約兩百至三百本細讀，其餘皆為略讀），閱讀對我來說有如家常便飯，日日三餐，歲月靜好。然而，拜讀怡慧老師這本新作，不禁令我汗顏，她不僅是國文老師、圖書館主任、閱讀傳道士，更是跨領域大量閱讀者，她閱讀之廣令我讚嘆，對不同創作者的理解深度，也令我折服，由她來寫這麼一本寫作之書，再好不過了！

書中這一段令我深深有感：「每個作家成名之前，都有讀者不知道的心酸故事，當時勇敢卻狼狽的自己，憑藉寫作的素樸之心——願以文字改變世界抑或是利他的書寫抉擇，讓我們能跟隨作家的燦光，慢慢地成為書寫世界

的小小恆星。」確實，在許多作家的生平，我們都可以看到這共同的影子（陰影），包含我自己。

每個人都有過幽暗、不堪的時期，但往往事後回顧時，卻成了最動人的故事，一旦轉化為文字，也能夠幫助到許許多多的人。在黑暗裡待得愈久的人，愈能夠深刻描繪出光的樣貌與珍貴。我相當認同，只要願意動筆，每個人一定都有故事可寫；寫出唯有你才能訴說的人生故事，就是一件最美好的事。

此書第二部分「像頂尖作家一樣思考」，列舉了世界上許多位知名作家，加以分析。這些作家們各自代表著迥然不同的寫作風格，且分散在世界各地、不同時代，令我大開眼界。作者解析了這些頂尖作家們的一些經典之作或詩句，抽絲剝繭，告訴我們箇中巧妙，我想，也唯有像怡慧老師這樣本身具有文學家的基底，再加上大量博覽群書的閱歷，才能夠簡單扼要指出這些作品傑出的奧義。這是此書最具價值之處，值得一看再看。

此書第三部分「用寫作，突破生命的瓶頸」，則是把文學和創作帶入了我們的生活，有如把抽象的理想做成了可食用的麵包，而且教導讀者們如何透過寫作活出更好的人生，這也是一絕！作者在這個部分所引用的素材和智慧，不侷限於書籍或詩詞歌賦，更融入了近幾年的熱門電影、戲劇，完全接地氣、符合大眾口味，讀起來相當過癮。

當然，此書也不僅是一本世界經典文學總覽而已，同時也教導讀者們如何寫作，是一本手把手教學的工具書。書中提到幾個和寫作有關的工具，例如「冰箱管理」、「靈感九宮格」、「靶心人公式」，都是非常實用的方法，過去我自己並沒有用過這些方法，但卻也讓我很有興趣，想要馬上一試。

這是一本集世界創作大成的解析之書，也是學習寫作的工具之書，可以兩用。立論不會曲高和寡、遣詞用字很接地氣，誠摯推薦給您！

推薦序

頭頂那道光，使人瞬間來到聖殿

暢銷少兒文學作家　鄭宗弦

那天，我在某出版社與編輯們討論新書的寫作方向，發現許多日本的妖怪書並沒有明顯的議題導向，不是以「讓孩子學什麼」為創作宗旨，而是傾向純娛樂與基本語文的薰陶。相較於台灣閱讀環境「文以載道」的傳統，童書作家總是肩負「寓教於樂」的社會責任，不禁讓我思考起：如果讀者的閱讀沒有目的性，那麼作家的寫作是否可以沒有目的性？

正巧宋怡慧老師邀我為這本書撰寫序文，書中深刻的內容教我暗暗驚呼：因緣機巧，冥冥中有股力量在協助我，也督促我，一步一步走入自己的創作核心，沿路反覆思辯諸多創作的哲學問題。

書中宛如一場集合眾多文學家、哲學家與生活家的研討會，主持人是怡慧老師，謙遜地安排與會者暢所欲言，而她以精準的詞語與獨特的見解串場，用巧妙的譬喻立體化抽象的概念，平息吵嚷紛亂，重塑開放的秩序。

這本書文字素雅清麗，文氣抒情優美，以感性的散文承載理性的思考。有如冰滴咖啡，冷靜地萃取慢擷的精華，而非熱沖而就，一股腦流出燙口的高量雜訊，讓人能在清涼舒壓的心情下，吸吮智慧能量的咖啡因。

想寫作的人常會問自己許多問題：我要寫什麼？我能寫什麼？我為什麼要寫？我寫給誰看？我寫的東西有什麼用？還有，如果我不寫，那又怎麼樣？這些其實總和了我一開始的疑問：寫作是否可以沒有目的性？而在怡慧老師這本書中，都有了誠摯的回答。

每個人一生的故事、身邊人的故事、與他人的關係、讀過的書、看過的劇、嗜好、工作、發呆……無一不是寫作的素材，遑論喜怒哀樂、愛恨情仇、羨慕嫉妒恨、慾望企圖心計等等。這裡頭痛苦尤為可貴，人不痛苦枉為人，它是人生深刻體悟，成長學習的養料。

以曹雪芹的《紅樓夢》為例，作者藉由賈寶玉這個角色，在飽受寵愛的甜美經歷之外，格外呈現出苦悶、徬徨、愛戀的血淚、絕望的失心，還有無解的崩潰。這個「無解」何其沉痛明顯，所以在富貴繁華的盛景中演出悲歡離合，作者很自然流露出個人生命困境的描寫。兩百多年來，有感的讀者都能發現，作者在書中向天地吶喊，發出許多求救信號。也因此許多學者想要解謎這些信號，進而從自身的特質各擅所長，衍生出不同解法的派別，蔚成了汪洋「紅學」。

寫出問題，答案可能就浮現了冰山一角，而海面下的，有心的讀者會試著幫你挖掘和解答。但如果不寫，你便永久失去自救與他救的機會。

也許曹雪芹只是想抒發苦悶，適度解壓，沒有去想到書寫後的未來。但我在創作時發現，眾多角色的痛苦，其實源自於作者將自我困境分割成不同面向，交付給相異的角色來演繹。矛盾衝突的解方，常常是簡化後的理想，重點是作者發出求救的訊號，發揮了影響力。這影響力不一定是改變力，也可以是趨動力，激發讀者以行動去發掘問題，探索真相，解答困惑——關於讀者自己的。

因此，你的人生就是最好的素材，也是上述所有問題的答案。

感謝有這本書，有如定海神針，在我波濤易激的心海中平波安瀾，教我暫時摒除開發新作的慾念，轉而潛伏而下進入高我的深層，去檢視心海底下那些深邃的海溝、休眠的火山、不見光的怪魚、沉澱千年的有機碎片、來自陸地的垃圾……

這本心與筆的對話，有助於創作者反省內在與外在，更緊密檢視彼此的關連，盤點再出發的戰備。也讓有志於創作者預想與評估：寫作的樂趣、困境、如何儲備、設計操演……。

「頭頂那道光，使人瞬間來到聖殿！」

只要你書寫，你想寫，讀著這本書，都會由衷發出這樣的讚嘆。

作者序

奇思漫想剛好與讀寫相遇

宋怡慧

如果說，閱讀是生命的氧氣，那麼寫作就是心靈的呼吸。這本書終於來了，心情有點像是近鄉情怯，又有點像是老友初見，複雜裡藏有雀躍。驀然回首，你總明白：書寫陪伴你走過多久的人生困頓、歲月顛簸。你總明白：生命的樂章因他人鏗然的足踏，因你有情的簽署，形成靈魂與靈魂相奏的人生賦格曲。

寫作對我來說，是失去情分的破鏡重圓，透過文字的過濾、沉澱，複雜的情緒澄淨起來，我的驕傲在蘸墨的句讀之間突然緩和下來，句句探問：人生何必孤絕倔強？何必自戕與戕人？我求的不就是遇見邂逅之人的一抹淺笑？生命何嘗不是苦盡、甘來，淚灑、顏燦的歷程，生命的對立若能在文字裡冰釋前嫌，書寫仿若是償情的旅程，每折心情以文字為記，我們都寫下此生為愛履約、為情行吟的絕美孤本。

奇思漫想的人生，在完成十二本書之後，終於來到要爬梳自己創作的人生課了。從黛綠年華就天天陪伴、從未對我放手的「寫作摯友」，無論晴雨，日昇月落，生命的風華收藏於斯。拾級而上書寫的歲月之階，文字的善意讓我活成一道光，在陷入黑暗的時刻，仍得以仰光前進。《一筆入魂》是虔誠的筆耕者將日日荷鋤文墨之田的流光，以恭謹之心整理而出，它是對閱讀的致意，亦是對寫作的致敬。

驀然回首，從二〇一四年出版第一本書至今，我從他人身上得到磅礴豐沛的恩澤，最終都化為文字的累積，變成天天書寫的靈感與力量。一本又一本的書籍出版之後，我與讀寫相遇的時刻，盡藏於春耕夏耘秋收冬藏的寫作歷程，形成一處又一處的美麗風景。

《一筆入魂》以寫作創局者為主軸，分為三輯進行創作與人生的完美連結：輯一是以「你的人生，就是最好的素材」為主題，若愛是一門藝術，愛的故事將成為書寫最好的素材，無論喜悅與悲傷都是書寫獨特的體現。因而找到寫作者的身分認同，才能尋得此生寫作的意義，從寫作的意識線到靈感收集術，表現上我談的是寫作的技術，但更深層的是談對廣袤知識的臣服、對推廣閱讀的執著、對四時遞嬗的感激，這些都是寫作者必須擁有的創意之泉，掌握它們將有源源不絕的書寫材料。輯二是以「像頂尖作家一樣思考」為主題，大量閱讀就是向書寫強者學習的捷徑，我會向經典索要寫作者各式文體的書寫框架，向書寫大師竊取創作的巧思，不斷地向深度讀寫的世界靠近。當我們回歸真實的寫作日常，每日閱讀輸入的累積，才有機會打開寫作的任督二脈，建立一流企業家思考的寫作管理術，成為聚焦六大書寫渠道於成功寫作者。企圖濃縮自己在寫作上的心靈的史跡，也提出讀寫緊密相續的寫作攻略，讓大家能快速找到寫作的突破點。輯三是透過文字思考術，拈出「用寫作，突破生命的瓶頸」的主調，讓讀者在面對詭譎多變的ＡＩ時代，如何使用逆思維突破寫作重圍？同時，寫作如何協助我們找到安頓生命、定錨人生自療之方？最後，勾勒出未來創作者的五種新身分可能會是什麼？每篇看似在談創作攻略，更重要的是想帶給讀者每次書寫的歸零與重塑，讓寫作變成我們的日常。

每篇看似獨自擁有其創作攻略的存在意義，整體的概念卻是前半生書寫的完整紀錄。寫作的旅程沒有終結的一日，未來，依然會持續地在創作的旅程堅定行旅，書寫讓你我不會因老去而失去，同時，回望青春奔赴過的豐美之境，都在文字裡再次回溫，找到重新出發的契機。

最後，我要感謝主編平靜，在這段交稿的日子裡，歷經生命最巨大也最沉痛的黑暗淬鍊，是他讓我深切地知曉：文字賦予創作者最重要的生命意義，是改變自己、影響他人。文字不僅慰安了我，也鼓勵了無數徬徨的他人，這是創作者獨有的天命。我們再痛苦都不能放棄與文字靈犀對望的機會；再絕望都要相信能憑藉文字的光走出黑暗。生命包裹酸甜苦辣的瞬間看似走遠了，文字卻讓我記住：為何走過？如何走過？走過了什麼？歲月是無法歸返的，文字依舊溫柔地為我承載許多溫暖的難忘的片刻，讓我有機會慢慢活成自己喜歡的模樣。這本書私心地獻給我愛的、愛我的，以及打開這本書的知音。謝謝文字讓我們成為心靈富足的人，甚至有機會慷慨給予。謝謝皇冠文化集團，為我的寫作書投注無數心力，讓它更臻完美。期待你讀完這本書之後，也成為駕馭「一筆入魂」攻略的寫作者，就讓我們「一起好」地寫，這是我完稿後最深摯的祝福！

Part 1 你的人生，就是最好的素材

Part 2 像頂尖作家一樣思考

CONTENTS

Part 1
你的人生，
就是最好的素材

找到為何而寫的寫作意義

你是不是有這樣的經驗——信誓旦旦、熱血澎湃地想寫好一篇文章，結果卻大失所望，只能看著「螢幕」興嘆。抑或是興高采烈地寫了大長篇之後，怎麼讀就是不滿意，修來改去，最後的結局是乾脆直接「刪除」。如果，你也有過這樣的寫作經驗，那麼，建議大家先為自己找到寫作的意義吧！寫作的意義是找一個「書寫的理由」，知道自己為何要寫，這件事對寫作者真的很重要。

寫作對我而言，可以是日常生活的隨筆紀錄。我喜歡和自己說話，喜歡思考事件背後的「冰山」，喜歡春去秋來的四季絮語。

寫作對我而言，可以篩下歲月的悲傷，捕捉善意的片刻。記性一向不好的我，無論是好的、壞的際遇，在時間的熨燙下，很像散落一地的符碼，只要不重新組合，很容易在記憶庫中自行 delete。

寫作對我而言，可以抵擋記憶的消逝，「當下」被書寫下來而有了重溫與重現的可能。那是一日溫暖的冬日，阿公阿嬤離世不到一年，母親第一次對我說起他們。母親談起阿嬤坎坷卻堅毅的人生，說起阿公瀟灑豁達的性格，他們最大的相似特質就是善意。只不過阿嬤的善意像月光溫柔低調，阿公的善意是烈日燦陽，你不得不驚訝任何人在他心裡都是「無歹意」。如果，在磕碰生活之餘，能把所愛之人、生活感悟、事理思辨的當下「寫下來」，寫作會是抵抗遺忘和遺憾最強悍的形式。

寫作對我而言，可以是認識自己、和自己和解的歷程。記得大師兄在《孝子》出版時對我說：「我怕生活狀況變好之後，就變得『無法』書寫了，所以我要趁現在還沒『那麼好』，快點寫下這個難言的『曾經』。」並且自然地說出：「我喜歡以前的我，我喜歡現在的我，始終如一。」用寫作與自己對話，更深層地認識自己，漸漸走向自我的探問而能自我和解的路。

因此，寫作之於我其實歷經過四個層次：

不知道自己不知道	知道自己不知道	知道自己知道	不知道自己知道
考生	文字工作者	素人作家	專業作家

一、不知道自己不知道：這個階段的我，把寫作當成一個目標，而不是身分認同。我可能為了考高分而寫，我可能為了得獎而寫，卻不知道為什麼要寫？要如何寫？寫些什麼？

二、知道自己不知道：開始有意識去思考為何要寫作，每日要面對的是——寫作和自己的關係是什麼？寫作讓我感覺自己的不足與匱乏。這個階段的我，或許是徬徨無助，常常陷入想寫卻不知道要寫什麼的狀態。但是，我認為這段時間的整理與閱讀輸入，甚至是學習，對寫作者很重要。我不認為它是空轉期，反而是從「不知道」漸漸邁向「知道」的歷程。我們會像一塊海綿，不斷汲取精準寫作的知識與能力。

三、知道自己知道：當我開始有方向地把閱讀當成一輩子的信仰，甚至成為自己的寫作目標後，我開始整理自己在閱讀推廣的經驗與故事，不斷深化對閱讀的理解，不斷挑戰對閱讀的任務，讓自己記錄成就解鎖的閱歷。我開始知道每日寫作的目的，甚至也因此結交到許多志同道合的朋友。這個時期我認為是以文字會友的階段，因此，無心插柳柳成蔭，我竟也幸運地被出版社的慧眼看上，以閱讀為名的書寫，讓我脫穎而出變成素人作家。

四、不知道自己知道：從第一本書開始，我開始鑽研在閱讀的主題，直到出完「閱讀三書」，我發現自己好像把閱讀的題材都寫完了。正苦於寫作題材時，沒想到，出版社的伯樂，邀約自己出版國學新解的《見字如晤》，我不知道這系列的書籍後來成為自己跨界跨域書寫的起點，我因此不再自我設限，任何書寫題材我都想嘗試看看，用文字帶著自己離開舒適圈，成為一位專業寫作者，讓文字對我不只是文字，它對我的人生產生意義與價值。因為書寫，我認同大師兄說過的一句話：有缺憾的人生才完美，誰的人生是完美的啦！書寫讓不完美的人生因為寫作有機會完美起來，讓人生因為有淚水，也有笑聲而精采。

走在想要成為一位專業作家的路上，最重要的是學會自我接納。就像一次訪談，作家大師兄的話擊中我：無論過去有多麼不堪回首，那也是曾經存在的我，因為過去的自己，我們更喜歡現在的自己，甚至期待與未來的自己相見。那次，大師兄寫他火山孝子的「小房間」生活，那是一個他不說、他不寫，讀者可能就無法理解的世界。但是，他寫出來之後，不只接納自己生命的所有，也願意告訴他人我走過的世界風景。人生像拼圖，真的缺一塊都不行。當天我印象最深的是——大師兄說起「作夢」這件事，他最害怕夢到的人是「父親」，一想起他，甚至在夢中「遇見」，他還是會渾身冒著冷汗。

「夢見父親，代表要回到過去，和父親共處的那段日子太苦了，讓我害怕極了。你看，即便是夢，我都抗拒著過去有爸爸存在的生活。」大師兄雖然嘴裡這樣說著，但他蹙眉的時候，是在想念著爸爸吧！即便言談之中說著父親的「不是」，但他還是不經意流露著對他的愛。父親臥病在床，是他犧牲學業回家照護；父親欠債不還，是他和母親勇敢面對一切，他是愛著他的父親的，而且是極愛等級。大師兄說起父親在世，自己連出遊都會有罪惡感，只因擔心父親的照護無人聞問。

那時的他也不過是二十多歲的孩子呀！卻已是一家之中不能斜墜的大支柱。沒有對父親的真愛，一個大男孩如何撐得住？

但，那是多麼不容易的勇氣？面對有些痛苦的記憶我曾選擇讓記憶斑駁它，讓心裡的傷痛被時光風乾，若真要說過去已是雲淡風輕，如一縷風遠颺，還是需要文字的「助攻」。回首人生，誰沒有不忍卒睹的傷疤，大師兄如此坦率自在地寫下來，也讓看似幽微的小房間時光因出版而燦亮，想成為專業作家，我們必須真誠地接納自己。

每個人活著，都有別人看起來微不足道的痛苦與壓力，透過書寫你感動他人，也改變自己。而我也想用文字溫暖正在受困的靈魂、正在徬徨的朋友。最近，我甚至是領悟到——寫作的意義從來就不是被看見的渺小作者，而是透過自己的文字讓大家開始關心一個從沒被理解過的社會議題、獨門的專業，一如馬奎斯永遠為貧窮弱小的人請命，勇敢反抗內部的壓迫與外來的剝削，因此《百年孤寂》真實呈現馬奎斯所見的世界，書寫也為正在衝突的價值找到一個真實的安頓。甚至是我喜愛的小說家赫拉巴爾，他曾說出如此讓我震撼的話：「我之所以活著，就為了寫這本書。」《過於喧囂的孤獨》陪伴我走過有許多悽惶的青春期，讓我能與書為友，在小小的世界仰著文字的星空，想像閃耀的世界可能是從文字為始的旅程。透過「書寫」與「思考人生」的過程，專業作家逐漸尋找到寫作在自己與他人生命的重要性，還有書寫而成的作品與篇章，必然是生命占據重要位置的故事與體會，最終，你會把寫作和自己的人生價值深情地結合。

卞之琳〈斷章〉：你站在橋上看風景，看風景的人在樓上看你。明月裝飾了你的窗子，你裝飾了別人的夢。

寫作的意義因人而異，但我因為寫作能遇見用心生活的職人、專業作家、出版的夥伴，進而相信寫作可以改變世界，以寫作為名的信念，讓彼此熱情且努力地走在書寫的路上，循著文字之光窺見彼此相互前進的熠熠身影……

做書寫圈的有品黑馬

股神巴菲特有一句名言：「我的一天有80％的時間投資在閱讀及思考。」因而，能寫出改變他人、促發讀者思考的書籍是每位創作者畢生的心願。只是，在寫作的過程中，創作者也會遭逢害怕退卻的時刻，尤其是用心琢磨的字句，換來冷淡輕忽的視線、悲情無言的退稿，甚至是在沒有戴上作家桂冠前，身邊關愛者多方的勸阻與質疑，都會讓創作者的內心覺得孤單、寂寞、冷寒極了。回顧作家們的寫作之途，還真的不是每個人都是順風順水、風風火火的，也有寫到懷疑人生的案例。但是，那些可以挺住冷言冷語，堅持一寫再寫的出色作家，最後憑藉哪些方法讓自己成為發光的寫作鑽石？

書寫，是殘酷現實的救贖

客籍作家鍾理和畢生以書寫尋找生命的出路，堅持把最好的時光留給創作。即便身處於反共戰鬥文藝主流的一九五〇年代；即便籠罩在同姓婚姻、經濟拮据、身體病疾三方的壓力；即便苦心孤詣之作被無情拒絕，他依然用獨到美學與人性之善，克服自身的懷才不遇與生不逢時的苦悶，寫作成了他自我價值辯證的依歸。曾經出現在窗邊的浪漫天光；偶爾會闖入耳畔的溫柔風音；絮聒的人語、生活的壓力，都被突如其來的寫作靈感給驚喜了，「退稿」成了無關緊要的小事。一如鍾理和說的：「戰鬥文藝滿天飛，我們趕不上時代，但這豈是我們的過失？何況我們也無須強行『趕上』，文學是假不出來的，我們但求忠於自己，何必計較其他。」書寫者追求的不就是對於真理美善的堅持，對於生活的企盼與期待？因此，讀者可以在《笠山農場》邂逅鍾理和用靈魂與土地對話，藉由文字描繪出美濃寧靜的農村生活，對比現實的無奈、生活的困苦、理想的摧損，在文字的想像世界，他挺然屹立著，沒有失去對創作世界有光的追尋。他以雋永的文字寫下不被遺忘的美濃客家風情：「在山岡之傍，在曲水之濱，在樹陰深處，就有此種田家；有的是竹籬茅舍，有的白牆紅瓦，野趣盎然。由山巔高處看下來，這些田家在田隴中錯落掩映，儼然一幅圖畫……」他用罄所有的力氣追求文學與生命契合的真實性，對於故鄉美濃凝鍊出靜美又濃郁的母土情懷。生前的最後作品〈雨〉，來不及讓他登上閃耀的文學舞台，但「倒在血泊中的筆耕者」鍾理和，透過文字誠懇地實面人情冷暖、困病挫敗，在書寫的時光中得到溫暖的療癒與光明的救贖。即使，當年台灣文學界的本省作家，必須力保自己作品的真實性，那必須歷經人生思考與生命探尋的歷程，最終，鍾理和堅持灑落的文學之雨，潤澤無數讀者的心田。

作為一位書寫者，你必須敞開心懷擁抱自己坦直的創作路線，才能回歸「為何要一直寫下去」的樸實的路。歷經人間疾苦之後，鍾理和並沒有放棄書寫生活美好的希望，他不為成名而寫的真心，留給每位創作者大無畏的身影，讓我們找到堅持寫下去的理由；他追求文學理想的真誠，喚起我們對創作的熱情，那是一條通往美好時光的創作之路。

書寫，是自我信念的堅持

作家對文字創作的熱情，足以支撐寫作者度過每個字斟句酌的時刻，一如苦行者遵循一缽一踱的心智磨練，不追求眼前的享樂，求的是信念的實踐。如果，你對寫作沒有高度的熱情與愛，你的創作旅程就會顛顛簸簸、時而情緒高亢、時而情緒低落。作家王文興在高中時期，就將「文學家」設定為此生最想完成的志業。既然是志業，就不貪求快速、希求瞬間爆紅。他的做法顛覆一般人的思維，想要作個出色的文學家，第一步要先學會慢讀，從和作者在文字中邂逅的機緣開始，你會深刻感受文字流竄血液的情動，體會令人魂牽夢縈的理解靈犀——原來我們看到的世界很奇特，但是想像是相同的。讀者與寫者透過文字的互通，彼此因為被讀懂了，而置身於充滿毅力、勇氣、堅持的文學殿堂。

王文興用七年寫成《家變》，一派「慢寫」的風格，讓他連走路、說話、待人接物都在實踐「慢」的人生。王文興認真地以為：書寫者需要安靜性格的鍛鍊，一顆躁動的心是無法集中精神、保持高度警覺創作的。他堅持慢寫的速度是一天產出三十個字，用一輩子的時間持續不斷地寫，成為文字的信徒。習慣語詞的倒置、自創詞彙、使用僻字等行文風格，企圖讓讀者的閱讀速度可以慢下來，打破一般人閱讀的習慣與速度。

《背海的人》用了他四分之一個世紀的時間，在慢讀、慢活的潛移默化之下，他傳承老派「慢寫」緩慢的優雅的創作精神。王文興的創作充滿冒險犯難的實驗精神，讓讀者仿若置身在意象豐盛、海闊天空的書寫之島，因為慢才能嗅聞到文字內蘊深藏的況味。他不在乎自己的文字是否應被列為主流抑或是經典，創作就是要耐得住考驗，絕不媚俗從眾，遵循創作的訓練，誠如王文興堅持的：「你先了解什麼是最好的，一旦了解這個秘密以後，任何人都會選擇慢讀，得到的快樂足以應付所有困難。」寫作不只是文氣、文風、文體的修習而已，書寫者的性格，必然融於文字的形式和內容之間，王文興的文字流露出嶄新、實驗性的老派「慢書寫」，一如朱西甯說的：「讀者應該試著去習慣王文興，而不應該要求王文興來習慣讀者。」

若想當個文字的信仰者，不被外界聲音影響信念，亙古不變的做法是相信

「慢寫」的恆毅力，讓你自在地漫遊於文字的森林，追尋創作的真理，孕育書寫的智慧與文化，讓你找到書寫的積極性，即便別人不懂慢的快樂，你也明白：學會慢寫的哲學，足以抵抗所有的冷言冷語、旁觀漠視，它會是書寫最幸福的支持。

書寫，是追尋夢想的渴望

愛爾蘭作家克里斯蒂．布朗（Christy Brow）曾說：「如果你因為別人的批評、輕視，就自暴自棄，那麼你將永遠站在失敗的這一邊。」當寫作者面對他人的負面聲音，或是惡狠狠地大聲否定，內心必然是難過與受傷的。這時候，可以試試五個為什麼（5 Whys）策略來協助自己。面對寫作挫折最務實的做法，是替自己找出真正寫作失敗的原因。這個做法最早是來自豐田汽車創始人大野耐一，他希望員工面對問題時，能找出根本原因，但要真正解決問題，就必須區分什麼是藉口、什麼是原因。當你徹底了解問題，才能培養解決問題的「改善魂」。就像巴西作家保羅．科爾賀（Paulo Coelho）在完成《牧羊少年奇幻之旅》之前，對自己是否能走向作家之路，也曾高度自我懷疑，並從寫作的世界逃跑過。尤其他的父親曾對他選擇投入創作極度地憤怒，也給他的作家夢不少的掣肘。試想：一位年近四十、一事無成的作家，被貼上江郎才盡，連一個字也寫不出來的魯蛇標籤，會怎麼思考寫作和自己的關係？幸好，他的伴侶克莉絲抱持不同想法，她鼓勵保羅・科爾賀「相信自己是一位好作家」，當你相信自己可以是有影響力的作家時，就不會懷疑自己有完成夢想的能力。這次溫暖的夫妻對話，讓他開啟與自己的靈魂傾訴之旅，他體會到：「保持靜默，留心各種徵兆。每一刻都是改變的契機。」

成為作家的念頭頻頻召喚內心的渴望，他想起年輕時走過的西班牙朝聖之路，他不斷地追問自己：為什麼我現在不能成為出色的作家？是因為不斷被退稿？退稿的原因是什麼？無法感動讀者？如何感動讀者？若把讀者當成自己的另一半，愛他們、了解他們，文字對他們就會產生意義。當我們試著一步步抽絲剝繭地找到問題的核心，原來，自己對寫作不夠有自信與熱情，也不懂得把讀者當成自己的另一半，當你看出核心問題，就能解決問題。原來，阻止自己作家夢的不是別人，是那個膽小的自己。當他自覺地寫下了：當你真心渴望某樣東西時，整個宇宙都會聯合起來幫助你完成。真誠地創作不只救贖自己，也激勵他人，燃燒更多讀者追求夢想的熱情。後來，保羅．科爾賀不只讓《牧羊少年奇幻之旅》這本書創下不可思議的銷售數字，也激勵許多讀者走上尋夢、圓夢的生命旅程。

書寫，是放手一搏的魄力

英文有個詞彙叫「黑馬」（dark horse），它常指在競賽中不被看好卻意外獲勝的人。後來，兩位看似離經叛道的教授陶德．羅斯（Todd Rose）和奧吉．歐格斯（Ogi Ogas），竟一起成為哈佛大學「黑馬計畫」主持人，他們的計畫提出的一個重要信念是：成功者是靠著追求自我實現而成就了卓越，並非靠追求卓越而實現自我。甚至，從各領域的「黑馬」，他們歸納出「黑馬思維」四步驟：知道你的微動力、清楚你的選擇、了解你的策略、忽略你的目的地。「黑馬思維」可以讓你找到自己寫作的真正興趣、能力的所在，走上自我實現的作家之路。因而，我認為尚未成名的寫作者都要有黑馬思維，以及捨我其誰的豪情。如果，你都沒有成為作家的強烈動機了，也不盤整自己的能力與努力的方式，怎麼可能在機會來臨時，為自己跑出一個冠軍獎盃？別人眼中「不可能的任務」恰好是證明自己此生理想的重要目標。謝絕和目標不相干的任務，自我暗示、做出行動，把挫折當作成長的契機，找到自己寫作升級且不斷寫下去的策略：不給自己留後路，以破釜沉舟的心態寫作，每寫一個字就代表自己往作家之路更近一點。這是自己對潛意識每日要下達指令，讓自己的作品透過不間斷地書寫，更符合自己設定的終極目標，將內在寫作的渴望化為字句篇章。只要目標明確、計畫務實、不輕言放棄，就無所畏懼地放手一搏，用你的堅持與專注，寫出作家系譜裡，屬於你的一頁傳奇。

以司馬遷對《史記》的執著與努力為例，出生於史學世家的司馬遷，克紹箕裘地擔任起史官的任務，一位稱職的史官不只要行事謹慎、思慮周全，且要秉持一生只做一件事的思維，從繼承父職至五十六歲，《史記》一書歷十八年之久，《史記》是他的一生懸命，書寫的路再怎麼艱辛，再怎麼難行，他也要扛起司馬家族跨時代書寫的重責大任。《史記》是一部體大思精、前無古人的紀傳體史書，若沒有專注與堅持的黑馬心態，這段橫亙三千年的史事，可能會是一片空白史扉。獨創的「太史公曰」，延續春秋筆法用以褒貶人物或歷史事件的書寫風格，讓史官秉筆直書的傳統，得以延續。

書寫者若沒有過人的耐力支持，以及專業的微動力，在自己選擇的路上，用對策略，不問成敗地堅持，這條看不到盡頭的書寫旅程，如何能走到寫作自我實踐的終點呢？司馬遷的《史記》沒有跟著主流圈走，聽從內在書寫的鼓音，奠定史家書寫的史德高度，太史公帶著我們走上一條風景絕美的史書書寫之途。

每個作家成名之前，都有讀者不知道的心酸故事，當時勇敢卻狼狽的自己，憑藉寫作的素樸之心——願以文字改變世界抑或是利他的書寫抉擇，讓我們能跟隨作家的燦光，慢慢地成為書寫世界的小小恆星。每天累積一點美好的文字，在跌跤時仍舊能自信優雅地持續寫下去。是什麼力量讓每個作家能願意擦乾眼淚，在不完美的寫作世界繼續寫下去呢？這或許是一個沒有標準答案的靈魂叩問，但，願意靜靜地以文字找尋適合的創作之路，應該是每位書寫者微小卻堅持的寫作信念吧！

寫作的第一步

——建立寫作身分的認同

「如果，我不愛寫作，我還可以寫作嗎？」

這是一般人常常提出的疑惑。

我總是會回答：「可以的，勇敢去寫吧！」

寫作真的沒有捷徑，就是要跨出去「寫」。「寫」是成為寫作者最重要的行動，也是邁向寫作的唯一途徑。一如佛洛姆《愛的藝術》說的：「愛是給予，是人身上的主動力量。在給予的過程中，人體會到強壯、富饒與能力。這種豐盈高漲讓人生氣勃勃，滿心快樂。」我認為寫作這件事也是如此。寫作是每個人與生俱來的能力，而且你會越寫越有能力，感受到豐沛的創作泉源不斷從你的大腦湧出，只要你願意先為自己貼上「寫作者」的身分。

掃描自己的「寫作熱區」，找到心裡的火

當你認同自己是一位寫作者，你才有足夠的動機去從事寫作。你一定有過這樣的經驗——當你被老闆逼著寫文案、被老師逼著寫作文，那種感覺會很「厭世」，連帶的，你對寫作的反感會與日俱進。當寫作變成功利性的理由：升學、考試、求職，寫作變成講究速成、套路，不管你學會再多的寫作技巧，本身對寫作的熱情是十分耗損的，你無法從寫作中點燃自己「心裡的火、眼裡的光」。這是件很可怕的事，也是我在教學現場、寫作工作坊常看到的景況。

如何讓厭寫的學生或學員能接近寫作這個朋友，甚至培養彼此默契，並找到樂趣呢？其實，我用的方法很簡單，就是先掃描自己的「寫作熱區」——多寫自己喜歡的題材。例如，喜歡心理學的，寫寫你對戲劇裡男女主角的心理分析，還可以延伸到人我之間能夠運用哪些心理學技巧，建立良好的溝通。喜歡電玩遊戲的，可以先分析目前最夯的電玩產品，研究其受歡迎的原因，

甚至找到電玩同好一起討論闖關升級的訣竅。我認為：寫作是生活的享受，是一種分享的快樂。例如：我喜歡微涼的秋天，飄雨也浪漫，朗晴也愜意。楓紅漫山的季節適合讀宋詞，宋詞和秋季瀰漫的氛圍相仿，含蓄婉約、輕巧溫柔。不管是宋代最紅的流行歌手柳永，還是蘇東坡的開闊豪放、李清照的清新柔美，詞家的靈犀都值得我們細細捕捉，這些乍現的浪漫足以在生活裡留下一抹悸動，讓我們追隨文豪或瀟灑、或靈巧的情思。當我寫出這些感悟的時候，可能無法面對面，卻可以把自己的內在想法透過文字與他人分享，這是一種只有文字才能做到的安靜溝通，也是一種「慢中求快」的思想改變。同時，我也可以再分析蘇東坡〈蝶戀花〉：枝上柳綿吹又少，天涯何處無芳草。與讀者說明：蘇詞不只具有娓娓起伏的音樂美，看似素樸的文字，歷經千年之後，仍讓我們不斷傳唱，對映著「落紅不是無情物，化作春泥更護花」的詞情，更顯秋意的豁達閒適。

不是寫一篇文章，而是成為一位寫作的人

我記得羅胖（羅振宇）在《閱讀的方法》提及：當年因為自己把柏拉圖的洞穴比喻寫入作文，受到大力表揚，後來，自己也開始涉獵哲學，一路走來，哲學成為他必讀的書類。所以，先從自己擅長的題材開始寫，那會是一個起點，象徵你邁向寫作的第一步。

因此，請不要質疑自己是否夠格，改變習慣最有效的方法就是身分的認同。一如《原子習慣》說的：「行動的背後是一個信念的系統。」如果你不認同「寫作者」這個身分，寫作對你而言，就是無法持久的行動。你會一日捕魚三日曬網，無法做到「日更」。天呀！看到「日更」有人開始打退堂鼓了。先不要害怕，我建議你可以這麼做：

建立身分認同：目標不是寫一篇文章，而是成為一位寫作的人。一如泰戈爾說：「把自己活成一道光，因為你不知道，誰會藉著你的光，走出了黑暗。」

強化寫作身分：訂定簡單易行的目標，而不被外在事物干擾。若你可以堅持每天寫作，你會是一個有「創意」的人、一個有「想像力」的人、一個有「觀察力」的人、一個有「生活樂趣」的人……

讓身分具體化：身分認同具體化，就是要做好寫作計畫並專注執行，就像《原子習慣》作者詹姆斯．克利爾，他在求學期間寫作能力屬於中等，且並不突出。寫作者身分讓他每週一、四會各發一篇文章，隨著發文的篇數變多，這些證據累積，讓他在具體數據的支持下，透過習慣成為一名作家，甚至是一名暢銷作家。

所以，固定寫作這件事，變成一個重要的寫作階梯。行為的反覆會變成大腦的自動化，寫作就會變成一種日常與習慣。例如，每天在臉書寫一句金句，三百六十五天，你就是一位「金句製造機」類的作家。我曾在採訪時聽過歐陽立中說：「天天要寫作，我也會陷入沒有靈感的時刻，也會覺得很焦慮。因此，我會逼自己十二點之前，一定要寫出來，就算只寫一點也好。我告訴自己：『完成比完美更重要』，好文章都是慢慢修出來的，我首先得寫出來。」

你看到秘訣了吧！固定寫，每天都有產出作品，完成比完美重要，不管是否有人點讚、轉分享。

讓寫作變成習慣，透過每日的練習，相信自己可以完成寫作「日更」，因為證據的累積，寫了三百六十五天之後，你會發現自己敘寫故事的方式不一樣了，你會覺知別人為何能夠寫出爆紅文，我會想模仿、想跟進、想學習突破，這屬於內在動力，而非他人強迫，同時，此刻的你會產生向強者請益的念頭，你想要精益求精，因此，寫作的累積，不只促使你擁有寫作的量，最重要的是——你想要在寫作技巧上有所進步，甚至寫出影響力。

這種想要在寫作上進步的心情，我最早是求助於唐詩、宋詞的古潮人。當我走進蘇東坡「墻裏秋千墻外道，墻外行人，墻裏佳人笑」的文字世界，我窺見自己寫作的侷限、自己素材的不足，蘇軾這闋詞的敘寫好似蒙太奇電影的手法，讓我在詞句往復逡巡，看出其隱含的意象，四進四出，不只具有高超的文學技巧，也訴說著：對於美麗的青春，任誰捉也捉不住，留也留不住的呀！欣羨年輕生命帶來的小日子的歡笑與自在，在燦美的時光裡，誰不是天真地笑著？誰不是黯然地哭著？青春就是足以揮霍用不完的率真呀！偶爾沉浸在詞家的世界，現實的生活也悄然流瀉真摯的笑語，這是多麼迷人的小時光。當你讀懂別人，進而也發現若想保有寫作者的身分，自己也要採取策略不斷躍進。

閱讀，永遠是你最好的神隊友

寫作是最忠實的朋友，它絕對不會辜負你、背叛你，甚至能幫你烙印認真活著的證據，還會幫你找來「閱讀」這位密友替你的寫作能力撐腰。閱讀讓你的文字具有無限擴展的可能性，因為閱讀的強攻，你的文字將具有獨特的觀點與質感，此時，誰也不能阻止你寫了。從閱讀者到寫作者，從文字溫暖的微光中，你或許會慢慢發現自己活成小時候喜歡的模樣，而不斷書寫的你，也正是「合格」的大人了。

如果，你還是有點猶豫如何跨出這一步，那麼，我要來給你一個寫作小彩蛋囉！寫作很像是個你想愛卻怕愛不到的夢中情人，如果你用這種心態去看待寫作，就容易親近它、走向它。若你可以抱持以下三種（追求者）心態，你的寫作一定事半功倍：

主動性：追求一個人要有膽識，並要帶著一顆真心去認識他／她，寫作也是。盡可能地去思考自己喜歡寫的題材，如何寫會吸引人，寫什麼會讓你更喜歡寫作這件事。

準備性：追求一個人，你要做好準備。要和對方合拍，自然要完善自己，讓對方覺得你可以託付。因而，寫作也要設定策略、方式，用行動證明自己的進步。同時，閱讀會是最強大的神隊友，它會告訴你這次約會要去哪裡、穿什麼、說什麼，讓自己變身得體合宜的好情人。

持續性：面對寫作，真的不要心急，每天寫一點、寫一點就像喜歡一個人，不是一次傾盡自己的所有，而是每天多愛他／她一點。持續付出，你就會看到意想不到的成果，同時也會看到你和寫作如魚得水的親密關係。

一個願意寫作的人，將會擁有許多美麗的生命邂逅。就像繞了一圈的陌生人，竟在文字的柔波裡，共賞生命的波光瀲灩，那種共享文字的快樂，也成為我們終身寫作的原因。我從不低估寫作的魅力——小時候，我有輕微的社恐，到了青少年期，我的社恐好像變嚴重了。閱讀成為我的精神寄託，文字成為我和別人交談的渠道。寫作讓我交到志同道合的朋友，他們願意給我機會，看一看說不出口卻能寫出來的宋怡慧。寫作的身分對我來說，一直是興趣和行動的驅使。我看世界的角度可能和一般人不同，文字卻讓我尋得同溫層的益友。在人世間瀟灑走一回，用文字留下我們的荒唐、我們的桀驁不馴、我們的誠懇、我們的溫柔婉約……文字讓我們的人生且行且歌，帶著滿腔熱情，以簡單無瑕的心意去探索寫作的領域，守護莫忘初衷的寫作夢，當你帶著什麼初衷而來，就帶著什麼寫作成果而去。

拽緊你的寫作意識線

蘋果公司創始人賈伯斯說：「消費者通常要看到產品，才會知道自己想要什麼。」一位好的作家可能要提早一步比讀者更清楚知道——自己的作品要傳達給讀者的寫作意識是什麼？就像榮獲二〇一六年諾貝爾文學獎的美國搖滾歌手巴布·狄倫（Bob Dylan），他的作品被當成反戰運動的聖歌，如〈變革的時代〉（The Times They Are A-Changin'），他對世界的觀察，對生命的認知，讓他的文字蘊含反戰、人權的意象，以及關注弱勢的創作意識。他清楚知道自己為何而寫，他透過寫作找到解決內在疑惑的能力。因此，巴布·狄倫帶領讀者走進其創作的意識，走近和他一同關注到的受苦族群。當讀者還沒意識到及尚未觀察到時，作者用一條隱形的意識線牽引主導，讓讀者與作者一同「看見」未來，如一面映照之鏡，讀寫之間互相輝映，這就是作家的寫作意識。

作家終其一生看似為同一個寫作意識去創作，但他們從不會在原地踏步，一如偉大的藝術家和哲學家，必須認識自我，才能超越自我，走在創作的探尋之旅，他們清楚明白自己的寫作所欲為何？寫作意識如同創作的北極星。我記得巴布．狄倫說過：自己深受梅爾維爾《白鯨記》、雷馬克《西線無戰事》以及荷馬的史詩《奧德賽》等經典文學的影響，他和這些作者的創作理念和訴求不謀而合。巴布．狄倫表面談的是社會鬥爭和政治抗議的軸心，但愛情和宗教也是其文字（歌謠）中重要的創作意識。他自信地說：「我想帶領垮掉的一代顛覆世界對音樂的想像。」這也就是笛卡兒說的：「我思故我在。」

書寫覺知：再苦的時光都能釀成人生的甜粹

文字創作的世界如此寬闊廣袤，但是每個作家想帶給讀者的視野和觸動，卻可能是迥然不同的。郎尼根說：「人與生俱有一種超越要求，指望得到終極圓滿。」寫作者也是找到寫作意識之後，讓讀者透過自身不同時期的作品，體會你對世界的理解、生命本質的觀點、人生的態度等，跟著你的文字不斷超越，窺見一個完整的世界想像。當讀者透過文字與之溝通，走進彼此的情感連結，認同共同的思考，一如能忍受苦難的人，更能熱愛苦難的人。作家的寫作意識是對自己書寫的覺知，讓自己能真正成為你自己。

寫出《包法利夫人》的福樓拜曾如是說：「我不過是一條文學蜥蜴，在美的偉大的陽光下取暖度日，僅此而已。」這句話可以清晰窺見，他自詡為寫作的爬蟲類屬，對寫作的自我涵養有如「冷血動物」一般，對世界、人世不帶感情地、冷靜地描摹所見。他要求自己的作品要精準周延，無論立意、組織、布局、材料、遣詞造句，都要步步到位、精益求精。身為一名創作者，要在寫作前思考作品的定位，讓作品帶領讀者走進作者的寫作意識，達到說服讀者、改變心智的最終極目標，這或許是定錨寫作對象之後，一位優秀的作家必然要培養的重要能力。而寫作意識於我而言，則是透過文字傳達善意，讓世界每天增溫零點零一度，因此，我總是戴著愛的濾鏡去看待生活的細瑣，即便當下觸及的是黑白無色之景，我也盡量用自己的七彩筆去勾勒善意的線條，將生活化作累積善意的存摺，有存入，就不怕耗損，再苦的時光都能釀成人生的甜粹。文字有如雷達，同頻的讀者得以接收到相同頻率的波號，像是邂逅「知音」般，你的書寫具備哪種能量，自然會展現同質的寫作意識（精神），引起讀者內在的共鳴。

以「海洋書寫」為例，不同作家就有不同的寫作意識。漁夫作家廖鴻基，從陸地到海洋，他傳遞的是海洋生活中豐饒的人事物和真情，以及討海人不同於陸地的思維，並與命運和人生搏鬥。而夏曼．藍波安則是以達悟族傳統的海洋視角，以祖靈的信仰、回歸海洋書寫，進行和漢族「海洋生態」不同的文化觀察與省思。兩人的寫作題材雖都以海洋為主題，但傳遞的寫作意識，所信仰的海洋想像、傳達的海洋情感，都呈現截然不同的作品風格，這是因為他們的寫作意識並不相似。科普作家史蒂芬．平克（Steven Arthur Pinker）曾說：「寫作之難，在於把網狀的思考，用樹狀結構，展現在線性展開的語句裡。」如果，你沒有強大又堅定的寫作意識，你的書寫可能無法在時光的荏苒下顯現作品的厚度，甚至會讓作品核心價值顯得支離破碎。若能得到寫作意識的支撐，自然而然就能形成獨特的書寫風格與代表世代聲音的文字價值。一如巴布．狄倫最經典的說法：「有些人能感受雨，而其他人只是被淋濕。」

自我對話：為無光的世界引入光明

當我確定寫作意識之後，我的寫作起步式是去感受生活中與寫作意識配搭的各種主題，不帶任何自我批評地不斷寫下去，為了要放大寫作意識的無所不在，寫作者必須要不斷地汲取新知，盡情地去體驗。以我為例，剛開始，無論身處何處，我都隨手帶著記錄的工具（以前是隨筆小冊現在是手機記事本），特意用「五感」去捕捉感受雷達與環境撞擊的訊號（信號）——如，特殊的聲音讓我想起曾被鼓舞的回憶；久違的滷肉香讓我憶起阿嬤的慈祥身影；空氣中竄入腦門久久不散的梔子花香，讓我觸動思鄉情懷。每天我都會安排固定的寫作時間，不管當天是否心情低落、生活疲憊，都要督促自己寫上五百字以上的文字量。寫作的意識鎖定以「善意」為軸心，利用細微的觀察力輔以美的覺知，讓自己探看世界的角度開始不同，塑造的故事氛圍就會趨向生活的暖色調，即便遇到人性難以跨越的坎，仍然能從枝微細節裡連結善意的共感，甚至從無光的世界鑿出一道罅縫，讓微光透入。

每一位作家書寫的背後，都揭露了通往善意世界的途徑，還有在嘗試轉念、突破困局的過程，如何利用自我對話找到安身立命的信仰。不管是你的掙扎、你的焦慮、你的決定，甚至是錯誤的經驗，那份局內人的誠懇剖析，都是一段精采的生命紀錄，它能讓一個旁觀的讀者，不自覺地投身田野調查，走進你鉅細靡遺的書寫系譜中，以參與者的身分去親近你的生活體驗，最後接受你對人生的評價，這時候，你的文字早已突破了「陌生的屏障」，你與讀者也找到了「本該如此」的讀寫共識。

重新歸零：在寫作的世界中躍遷

另一個重要的寫作起步式，是寫完一篇作品之後，習慣讓自己「重新歸零」。真誠地接受每個作品都有開始與結束的節點，並透過不同類型的作品，慢慢蛻變、一步步提升作品的質量，最終當你某一個題材寫到爐火純青，你還是要學會「斷捨離」，不帶感情地離開你擅長的題材，逼著自己告別擅長的筆法，打破書寫的舒適圈，當你不再眷戀過往的輝煌，你才能重新在寫作的世界中躍遷，看到自己書寫的進步。就像法國著名才女作家莎岡（Françoise Sagan），年僅十八歲的她即以小說《你好，憂愁》，一舉奪得當年法國的「批評家獎」。隨後，《某種微笑》、《一月後，一年後》等作品一一出版，但是，她從不以這樣的成就為滿足，她想成為年輕世代真正青春的代言人。她的作品瀰漫著一種桀驁不馴又渴望被愛的風格，描寫主角因種種原因在愛的世界被孤立、被背棄，甚至逃亡和自我毀滅的歷程，讓讀者感知一個未知世界，即便故事離自己甚遠，卻在世界的某隅發生。作家不斷尋求安穩躲避的暫歇處，卻又明白知道這個世界不會千篇一律地給你標準答案，讓你穩穩地休憩。因此，她書寫詩、散文、小說，在每個可抵達的地方發掘書寫的嶄新題材，但，不管她書寫任何體裁，都會加入強大的寫作意識，在愛情需求的世界，誰不是都私心地在竭盡全力地滿足自己的所望。透過熠熠閃閃的寫作意識，寫作形式不再受限，你可以嘗試各種寫法，甚至無拘無束地去展現，讓自己重新去認識書寫的N種可能。甚至，在不同寫作的轉化下，多維度的體現，能夠不斷地開創作家不同時期的寫作高度。

日本作家村上春樹曾說：「不確定為什麼要去，正是出發的理由。」當你確定寫作意識之後，一段未知又充滿挑戰的書寫的旅程，就會是爬梳人生哲理、發現生命思考、傳承經驗的豐富探險。你會在一次又一次的認真書寫之後，漸漸地塑造屬於你的書寫人生。每次從零開始的創作，正代表你正在攀越另一個書寫的巔峰，只要穩穩拉住你的寫作意識線。

讓「藏」在寫作資料庫的繆思「跑」出來

俗話說：「巧婦難為無米之炊」，一位優質的作家，必然也會是大量閱讀的累積者。作品想要多元豐富，意蘊深刻，就必須要有材料作為思維的支撐。因此，想要從事寫作的朋友，必須先建立自己的「寫作資料庫」，透過大量閱讀的形式將多樣的訊息條理分明地輸入。同時，日常生活的敏銳觀察與善感體驗，也能讓寫作的素材從閱讀與生活中，慢慢地積累至素材庫。就像杜甫〈奉贈韋左丞丈二十二韻〉說過：「讀書破萬卷，下筆如有神」，以及俗諺提及的：「熟讀唐詩三百首，不會作詩也會吟」，這些例子談的都是寫作的「神靈感」，靈感不可能「突然」來敲門，寫作就是「千里之行，始於足下」，一步步收集素材的功夫。所謂寫作沒有奇蹟，寫作的「靈光乍現」，必須要倚靠「腹有詩書」做為靈感的觸媒。

不過，學生和讀者也常反問我：「為何我都大量閱讀各式各樣的書籍了，也盡量閱讀不偏食了，為何面對電腦螢幕或是空白稿紙時，即便索盡枯腸卻仍是一無所獲呢？」沒錯，面對資訊爆炸的年代，當互聯網、社群媒體不斷湧入的訊息，我們得到的資訊量已大於我們的認知負荷了。如何進行有系統的整理，並確認資料的正確性，再進行詳細分類、整理，已成為一位優秀寫作者極為重要的訓練。如何判斷這段故事「非寫不可」？還有，如何揀選深植人心又舉隅適切的素材呢？

做好素材管理，寫作事半功倍

其實很簡單，只要你能在收集素材前，多做「一個步驟」就可以達到事半功倍、順風順水的效果！這個步驟就是「素材管理」。如同名廚詹姆士的「冰箱管理論」：「料理就是食材的組合，冰箱管得好，下廚時組合食物的速度就會快。」你也可以「有意識地」替寫作資料庫進行分類建檔，做好素材的管理。

你是不是有過這樣的經驗，當你的腦海中出現過多紛亂資訊時，大腦就不容易進入快速搜尋的運轉。因而，我們可以在收集素材前，簡潔地先畫出自己寫作的素材分類地圖。同時，我也會再為每個事例或素材下個吸睛妥貼的標題，最後，再放置於各式地圖夾裡。當素材收集進入有意識、有脈絡的分層管理時，就有利大腦將來能快速瀏覽、檢視資料，並快捷地進行素材的篩選。這個做法就像替冰箱食材進行完整分類，例如：放置在冷藏櫃第一層的是肉類、第二層是魚類、第三層是海鮮，因為分層概念清晰，你能準確掌握每層食材目前的多寡，不足的食材，你才需要進行採買。因此，你可仿效冰箱分層管理的概念，做出以下這張寫作地圖表，若發現有所缺漏的部分，就可以進行重點收集，不至於在寫作時面臨素材匱乏：

<table>
<tr><th colspan="6">取材地圖</th></tr>
<tr><th colspan="4">故事（主觀）</th><th colspan="2">事實（客觀）</th></tr>
<tr><td>人與自己</td><td>人與他人</td><td>人與社會</td><td>人與自然</td><td rowspan="2">自然現象
資料、理論、表徵……</td><td rowspan="2">人文情懷
文化、歷史、人物素描……</td></tr>
<tr><td rowspan="3">自我成長
內在／外在</td><td>角色互換</td><td>議題思辨
主流／非主流
大眾／小眾</td><td>物我互位</td></tr>
<tr><td rowspan="2">人際互動</td><td>社會關懷</td><td rowspan="2">物我合一</td><td rowspan="2">新聞時事
社會事件、歷史事件……</td><td rowspan="2">時序更迭
四季、日夜、星辰……</td></tr>
<tr><td>社會參與</td></tr>
<tr><td colspan="6">美感經驗 觸發、覺知、覺醒、視角……</td></tr>
</table>

就像小說家甘耀明說的：「寫作者其實會同時替往後作品收集資料和素材，我們不是時間到，另一本作品就誕生了，而是不斷重疊，電腦中總有好幾個資料夾，每天想到的東西就盡量細分、存入資料夾，完成一本作品後，就能檢視下一本該寫什麼。」一位優質的作家善於進行創作與素材的配搭，讓每次的創作即便是大膽跨出舒適圈，都是一場做好準備的華麗冒險。因為方向明確自然能帶回質量皆美的素材，為自己的書寫打造一個不凡的全新視域與境界。一如《偽魚販指南》

作者林楷倫說的：「沒有經過人生磨難、沒有在魚市場磨練看人視角和情感，我可能寫不出現在的作品，如果我不當魚販，我不能成為作家。」因而，林楷倫在魚市場的親身經歷成為職人書寫中十分耀眼的寫作素材。

我的作家起點：與學生的點點滴滴

再以我自己為例，出版《大閱讀》前，主編就希望我的寫作大綱能聚焦在「閱讀對自己和學生帶來雙贏影響力」這條主線上。我就憑藉著過往幫學生建檔的素材資料庫去尋找靈感。過去我在擔任班導師時，習慣先替班上孩子建立背景清冊，再從每日和班上學生互動的聯絡簿書寫，反思自己的教學日常，以及和每位學生相處的歷程與點點滴滴，這些都保存在電腦檔案裡。原本，這只是為教學生涯留下紀錄的文字，但我的寫作，卻意外受惠於這個資料建檔的習慣，因此，儘管作為一位素人作家，挑戰從無到有的出版過程，因為素材整理分類地圖做得完整、清楚，讓我的寫作比想像地快速，一如當時的第一篇，我就選中了「用五萬元買一個孩子的夢想」這個素材故事。

那是一段刻骨銘心的班級輔導經驗，也是自己在職場初出茅廬時，被一位學生挑釁的經歷，那是一位嗆我讀書沒有用的孩子，也是第一位反抗我，要我放手、不要再管他的孩子。這孩子的孤絕與驕傲，更勝青少年時期的我一籌，飛蛾撲火的性格，讓脾氣相似的我們不斷挑戰對方的底線。我們像在進行一場世代觀念對抗的長期拔河，偶爾他妥協一點，偶爾我讓出底線一點，但，西線無戰事的寧靜，反成我們重大衝突的醞釀期，最終我還是得站到火線上去面對——「想幫我，要有點膽識，不要只會說冠冕堂皇的話，拿出錢幫我們吧！我需要五萬塊替爸爸還債，妳真的敢借嗎？」當他用悲憤的語氣質疑我，我的啞然無言，果真讓他的臉龐露出一種睥睨的神色，我敏銳地窺見孩子陰鬱的眸光。當下在我心中竄起的聲音是簡媜老師的文字：「富人與貧家最大的差異在於，當黑夜降臨，富家之子手上有燈，而窮人家的孩子只剩——老師。」

是這段話接住我幾近崩潰的信念，我不想掙扎或是猶豫了，我相信身為老師的直覺：我的孩子我要自己救，他值得我用五萬塊證明：有一天，孩子會還我一個超過五萬塊的禮物，它就叫做「夢想」。

當我交出這本書的首篇作品時，早已不知泣不成聲幾次了，每寫一回就重返過去共處的師生時光一次，來來回回改動幾次，我就落淚幾次——這段歷程大多是夜深人靜時，自己蘸著悲傷的淚水寫成的，有時是自我激勵，有時是自我療癒，最後當然是孩子的慈悲，許我一個快樂的結局。但是，更多的素材是，我必須從痛心的結局，重新鼓舞自己再站起來，繼續相信教育、繼續全然地給出滿滿的愛。

這個故事後來因為《大閱讀》的出版，不斷被讀者在各種平台轉傳與分享，它成為許多人認識我的第一印象，我的賭徒性格、天生的浪漫與衝動性格，也從故事顯然可見。平日看似簡單的生活紀錄，卻在重要的寫作時刻給予我們實質的反饋，因而誠懇地、如實地記錄日常，會是收集寫作素材重要的基本功夫。

歲月積累人生，人生積累素材

一位優質的作家在於能透過與眾不同的思考角度，和萬中選一的素材去呈現自己的意見、想法，盡量做到法國博物學家布豐說的：「見文如見人」，當你看到讀者沒看到的視角，並願意真誠地分享自己所見所感的生活故事，抑或是善用資料的援引，作家省思的觀點就會成為一種信念的召喚，讓志同道合的讀者給予你更多的寫作的觸發與素材。

當我們閱讀到有用、有趣的「第二手資料」時，若經過查察無誤之後，就可以將之放置分類素材地圖。書寫若是需要的時候，就能隨手汲取、加以轉化。但重要的是，你也要幫自己建置完整又獨特的「第一手資料庫」地圖，它可以是自己與自己對話的個人觀察、經驗；可以是自己與他人相處對話的每日紀錄；也可以是你與自然共處，參與社會所觀察的感悟與體會，若能及時記錄，準確放入寫作資料庫，就不會因為歲月的淘洗或記憶的崩損而失去重要又珍貴的生活素材。例如有位韓國網紅主婦 haegreendal，她用影片輔以文字紀錄，呈現「家庭主婦」滿溢幸福感的生活日常，她所選取的素材中，也進行精準的分類：創意料理、整理家務、外出旅遊等，讓閱聽者從她的作品得到「轉角遇見幸福、青鳥就在身邊」的哲思。還有，《旅塗時光》的作者莊祖欣 Cindy，她自詡是「半半」夫人：「一半畫家，一半聲樂家；一半瘋婆子，一半貴婦；一半德國，一半台灣；一半性感，一半感性；一半書寫，一半畫畫。」因而，這本書帶給我們的書寫主軸十分清晰，就是她長居德國的生活以及四處行旅的故事。她用文字和畫作來展現屬於創作者童真的視角，並以哲學式的反思傳遞書寫的信念：「旅行，是離開自己熟悉的地方，到別人住膩的地方轉一轉」的觀察。

創作的素材，必然是用歲月去積累的，無論是源於閱讀，還是源於生活，晨風夕月、花草岩泉，處處都是美好的素材，但仍須透過寫作資料庫進行分類。閱讀材料聚焦在分類前的辨偽取真、披沙揀金；生活材料則是要親身歷練，行萬里路。一如《聊齋志異》的蒲松齡，據說他為了收集各類花妖鬼怪的軼聞，還在柳泉邊搭茶棚。難怪能被郭沫若譽為「寫鬼寫妖高人一等，刺貪刺虐入骨三分」的一流鬼怪小說家，「厚積」故事與寫作素材，對於書寫者而言是至關重要的能力。

累積寫作素材對我而言，不只為了書寫而已，常常是對於自己的母土、自身的文化、甚至人生價值，不斷進行對話整理的過程，就像金鐘57的男主角得主陳亞蘭說：「楊麗花是我一輩子的恩人，她教我做人、教我演戲、教我如何詮釋男性角色，這個獎應該是她得的。楊麗花這三個字，永遠是我們大家心目中的最佳男主角」。對於寫作者而言，每位常駐在我們心目中的作家，何嘗不是教會我們邁向寫作世界的老師？這些作家用作品讓我們知道：書寫是可以改變社會價值的，書寫是可以為弱勢發聲的，書寫更可以是讓更多人、更多樣的生活被更多人同理的，一如榮獲二〇一七諾貝爾文學獎日裔英國作家石黑一雄在獲獎演說提到：「書寫和閱讀讓我們能打破觀念的藩籬，甚至找到偉大人性的願景，讓全世界共同來支持與推動。」作家或許無法立即對世界提出跨世紀的貢獻，但讀者卻可以在他們文字的微光中，看見一起躍進向前的人生方向。

靈感收集術

——八種不失手的書寫青鳥

蒙格在《窮查理的普通常識》說過：「在手裡拿著鐵錘的人眼中，世界就像一根釘子」。寫作者依賴如活水源源不絕的靈感從事創作，但靈感不可能在單調的生活中憑空而降，它來自生活多彩多姿的學習，當你無法憑藉單一思考而創作時，若能掌握「靈感九宮格」的核心模型，就能打破「人與人、事與事、物與物」的藩籬，建立多元思維的事件聯繫，創作者手上就能擁有多把靈感之錘。

其實，尋找寫作靈感和召喚快樂的做法有點雷同，人的情緒時而高昂、時而低落，寫作靈感亦然。與其寫作時索盡枯腸、一無所獲，不如好整以暇地運用靈感九宮格，讓平時就暫時隱藏在記憶箱篋的靈感按時傾巢而出。就像科幻大師艾西莫夫會在房間內放置六台打字機，同時創作不同的作品，當一台打字機的速度慢下來或停頓時，他就迅速換位、快速切換書寫素材，據說，他可以同時創作九部不同類型的作品。

從書寫激盪到思緒狂放——靈感九宮格

靈感九宮格的做法和艾西莫夫「換位」書寫的樣態相似，將靈感的激盪與萃取建構在主題明確的格子裡，從發散到聚斂的歷程，常能讓靜止的思緒瞬間狂放起來。它的做法有點類似柯裕棻在《甜美的剎那》提到的：「快樂召喚術」。當時，柯裕棻心情陷入低落，心理醫生就建議她——試著把快樂、美好的事情，列成一張清單，並試著實現一、兩個，當妳完成之後，心情就會明顯好轉。這樣積極轉換心境的做法，我將它轉化成靈感九宮格。首先你先在九宮格中央寫下「靈感」二字，如實記錄自己從事哪些事情時，寫作靈感就會源源湧入。並將這些事情依照靈感強度進行八大項次的歸類，透過召喚靈感的訓練，讓身體的記憶與靈感碰撞，處於正向連結的狀態。例如：李白的創作靈感來自酒與月，當他寫下「人生得意須盡歡，莫使金樽空對月」時，酒就是靈感的觸媒，酒帶給他的視覺饗宴、味蕾尋味，適切地與眼前的良辰美景，過往的點滴心事無縫接軌，酒開啟李白靈犀的方向，無詩可寫時，品啜薄酒、狂飲「澄醪」，行文而成可以是花前月下的浪漫，也可以是關心社稷的憐憫，甚至是捨己為人的俠義。以我為例，寫作靈感的八大來源如下：

1.旅行	2.美食	3.走路
4.傾聽	靈感	5.看劇
6.冥想	7.瀏覽社交平台	8.閱讀

旅行：改變慣常的學習

旅行讓人撤除時空界限，離開舒適圈，能夠摘錄的所見所聞就豐富多了，一如舒國治說的：「記憶，使人一直策想新的旅行。而夜裡睡在不甚潔淨的稻草堆上，給予人的，不是照片而是記憶。」這是舒國治最羨慕的「漫漫而遊」，也是我最常匱乏的寫作靈感蓄積形式。偶爾，背起行囊，沒有目的地帶著一、兩本書，偏離正常的生活軌道，改變慣常的作息、習慣，在放輕鬆的日子，有點波西米亞的情懷，閒耗地慢遊四方，看似一無所獲，其實是專注地觀察與學習新知。因為陌生，環境會敦促你警覺，你需要多點探尋的勇氣，以及解決問題的志氣，就像喜歡慢旅行步調的手繪旅行作家佩瑜曾說：「光是一家五金行就可以讓我流連半天。」旅行的每個小細節都是最真實的足踏，有相機、畫具和空白日記本，佩瑜就能將旅途點滴，一筆一筆勾勒而出。我雖然無法用圖像記錄旅行，卻能在空白的扉頁上，將腳步烙下的喜悅、悸動，以文字慢慢用情填滿。

美食：解放生命的醇味

法國美食家薩瓦蘭（Jean Anthelme Brillat-Savarin）的名言是：「告訴我

你吃什麼樣的食物，我就知道你是什麼樣的人。」如果，你在乎的是食物簡單的味道，烹飪者回歸本心，就能讓食物產生心靈互通的感受。反璞歸真的料理會啟動飲食者的感官體驗，就像經典漫畫《將太的壽司》中，將太的父親是這樣告訴他的：「心意決定料理的好壞。」烹飪，會為食材帶來味覺的觸動，並雜揉食物氣味，引發珍貴的回憶。記得有次雨夜，我在寂靜的巷弄間，聞到與故鄉相仿的古早滷肉氣味，一股懷舊的氤氳瀰漫空氣之中，喚醒我對祖母的記憶，那個艱苦的年代，那個寒流來襲的夜晚，一鍋滷肉香讓全家團坐著團聚在一起，那股又熱又香的味道，透過鼻腔竄入心扉，這正是「普魯斯特效應★」的觸發，記憶中的美食，從吃到嘗，從嘗到品，書寫貯存的生命醇味頓時「解封」。有愛為指引，回憶替食物調了味，美食常讓我們憶起某段美好的回憶。

走路：探尋失落的方向

無法抵抗的 COVID-19 病毒來襲，自由行動的時光被按下暫停鍵，但一如尼采說：「所有真正偉大的想法，都是在走路時構思出來的。」沉靜的時刻配搭腳步的前進，洞悉問題得到哲思的可能。龍應台《走路：獨處的實踐》，是一本從「走路」為始的生命練習，不再困於網路的人際，從走路練習和自己相處、享受一個人的生活。我也發現創作的時候，從走路的視角瀏覽風景，行走的速度和自然相處的韻動最為和諧、配搭，當你的腳踏實在地，與母土步步應和，你不再害怕孤獨，學會和一草一木當朋友。夠幸運的話，或許能邊走邊拾獲一株玻璃草，偶爾回首來時路，斑駁的牆面，或隱或亮的微光，從葉與葉的罅縫灑落，開啟書寫細膩觀察的靈犀，用心和自己對話的當下，失落的方向會在走路時逐漸清晰。越走路越自由，越自由就能讓書寫更形奔放有致。

★ Proustian Effect，指只要聞到曾經聞過的味道，就會開啟當時的記憶。

傾聽：改變思維的智慧

和陌生人交談需要勇氣，但「獨學無友，則孤陋而難成」，因而，若你像我較難以與人侃侃而談，善於傾聽智者之言，習染其美善的脾性與見解，也能跨大自己的識見。記得有次參加作家胡川安《故事台灣史》的電視讀書會訪談，瘋馬旅行社李文瑞總經理說：被稱為「無煙囪工業」的觀光發展，其實旅遊活動直接產生的碳足跡，不一定對生態友善。如果，從原民觀光的行旅來看，原民文化與土地共存共生，對自然的尊重與敬畏，有助建立低碳永續的觀光產業，若能加入原民神話，找回先民的記憶，就有機會打造不一樣的台灣觀光，讓外國遊客像候鳥，季節到了就會飛來台灣，因為我們的土地有人情黏度，有族群融合的文化美學。從旅遊到永續生態，每個專業工作者都必須懷疑或挑戰自我，建立「科學家」的「逆思維」。就像臉書創辦人馬克．祖克柏說的：「每個人可以為這個世界，帶來獨特觀點。」傾聽，能捕捉生活中微小的感悟，也可能改變許多人的生活與思維。

看劇：開啟書寫的儀式

看劇能讓自己從觀看一齣戲劇進而理解一個時代、一群人，堪稱為動態的小說。最近最夯的日劇《First Love 初戀》，不只引起觀劇熱潮也引發滿滿的回憶殺，從宇多田光〈First Love〉前奏旋律響起，每個人初戀的主題曲與往日畫面就栩栩如生地印入腦海裡。初戀是每個人刻骨銘心的回憶，生活的磕碰，讓當年懵懂青澀的靈魂邂逅越走越遠。因為這齣神劇的流傳，讓我再度連結村上春樹《挪威的森林》對於小林綠「草莓蛋糕理論」的描繪：當你喜歡一個人，可以讓他任性的予取予求，這是一種接近愚蠢的、飛蛾撲火般的「純愛」，就像書上形容的：「對某種人來說，所謂愛是從非常微小，或無聊的地方開始的噢。如果不從這種地方開始的話，就無法開始。」如果，曾遺忘的、重要的事，因為一首歌、一齣戲開啟書寫的儀式，讓靈感回歸，看似褪色淡忘的最初，也成了最美的書寫手勢。原來，逝去的過往不再是雲煙，它會以文字的形式回歸，框住美麗、化為永恆。

冥想：望見思緒的熒光

冥想雖最常被用於釋放負能量，但我視為掙脫內在束縛、鍛鍊寫作靈感的渠道。因為寧靜而安定，讓我能專注澄淨的念頭，等完成冥想之後，我會將剛剛腦中深刻的畫面或心底的聲音，簡單地書寫下來，一如作家駱以軍有個寫作習慣，他會在自己床邊放一本手寫本，只要一睡醒，就會把夢境的重要細節謄錄出來，這也成為駱以軍作品的獨有特色。有次，冥想的終結，睜開眼睛仿若望見遠方熒光熠熠，頓時撫慰疲憊、孤寂的心扉。憶及當年和學生在洄瀾參與誠品背包客的湛藍歲月，用青春驗證我們與文學相愛過。在中正路找尋過《玫瑰玫瑰我愛你》、《香格里拉》中的美軍酒吧，企圖走進台灣歷史的長巷，與王禎和隔空的對話，學學他笑看人生的瀟灑。在節約街和學生來回踱步著，幻想和心儀的詩人楊牧來場不期然的邂逅、相遇，甚至奇萊山傳說的交談。我們閉著眼睛，忽地聽到了德布西〈阿拉貝斯克〉旋律輕輕流瀉，於是我們駐足在陳黎的波特萊爾街。冥想之後，逝去的記憶清晰，生命深沉的美與靜，讓我寫下普紀德文學的與洄瀾碰撞的火花。

瀏覽社交平台：窺見情感的地圖

習慣瀏覽幾位朋友的社交平台，同時也從高流量、刷屏的話題開始思索，大多數人關心什麼、目前流行的樣態為何？剛結束的大選，有些評論略帶諷刺喜劇的精神，當現實政治和俗世的價值觀念、倫理道德，用黑色幽默的方式批判社會的失序現象。在一次搖晃甚大的地震過後，在社交平台窺見一幅清晰的情感地圖，當彼此互相問候：目前「你好嗎」？某些文字仿若心靈的慰安，你讀著讀著，猶如坐上慢速火車，觀覽時光之窗流動的風景，文字或照片疊映羅列地名，流逝的光陰，發生過的故事，在細讀的時光裡一詠三嘆，某些未訴說的，想遠離的心境，讓你不自主地接近，而開始有些想說的話、想寫的故事。

閱讀：安頓飄零的思緒

閱讀是靈感的所在，當你享受文字心情與靈犀擺盪時，讓思緒自由地向左轉或向右，在下一個書寫的轉角，你會望見東野圭吾的《解憂雜貨店》，安頓流浪飄零的思緒，在想像的文字市鎮徘徊，一本本值得造訪的書籍，讓你既科幻也懷舊地游移想像的幸福，讓靈感像拼圖遊戲，每次都能來場六十億分之一相聚和分離的「靈魂收集」吧！

每個創作者因為靈感之光的指引，對自己的書寫有了自信與樂趣，一如聯合文學總編輯王聰威為自己辦雜誌訂下「敝帚自珍的文學雜誌」這個定位，隱於生活的細微事情，深情凝視某個主題，都會是豐沛靈感的迸發之處，你必須要對書寫有敝帚自珍的獨特自信。靈感九宮格讓你有標的地召喚繆思釋放創作能量，書寫偏離日常時序之後，一觸即發的光能也會隨之綻放。

Part 2

像頂尖作家一樣思考

深度讀寫的橋樑

——你有一本閱讀筆記嗎？

曹雪芹曾說：「滿紙荒唐言，一把辛酸淚！都云作者痴，誰解其中味？」當讀者走進作家的寫作路徑，悲歡離合不再是字面語詞，它是一花一世界的細觀，它是一沙一微塵的感悟。閱讀是認識自己、與人連結、參與社會的重要橋樑，就像政治家富蘭克林與漢彌爾頓★，他們不只有很好的邏輯論述能力，也是能寫出詞藻優美文學作品的書寫者。閱讀不只是理解字面表層及深層涵義而已，還要把作者所處的環境、社會文化等一併理解，這樣才算全盤地閱讀完一篇作品。如何全盤完整地讀完一本書呢？我的做法其實和卡夫卡有點類似：每次他到城裡四處閒逛時，身上會帶著筆記本，如果他忘了帶，那麼他就隨時買一本新的。

原來，卡夫卡無時無刻都在如實記錄自己閱讀到、感受到的，這個習慣也影響了我的書寫型態。像日記的閱讀手札是輸入的自我累積，筆記的輸出是與作者自由對話的沉澱，當然你也能以評論者的視角去看待作者書寫的「奇奧世界」、「驚人強大」的寫作技巧。這兩個練習會讓我走進作者內在蓬勃的情感，也會從他書寫的方式，看待世界的價值，進行批判與價值的澄清，閱讀手札的累積，也讓我在閱讀的行旅中找到一個更接近真實世界的圓熟解釋。一如《卡夫卡日記》寫道：「下午時就已經感受到一股極大的渴望，渴望寫出我體內整個忐忑不安的狀態，寫進紙張深處，一如它來自我體內深處，或是使我能把所寫的東西全部拉進我體內。這並非藝術家的渴望。」

我極為喜歡這段卡夫卡對於書寫的詮釋，在某些書寫的時刻，我也有經歷過和卡夫卡同樣的心情，這讓我有種我們終於「邂逅」的悸動。記錄的過程有時候也極像蘇東坡說的：「橫看成嶺側成峰，遠近高低各不同；不識

★ Alexander Hamilton，美國開國元勛、政治哲學家，美國憲法起草人之一。

廬山真面目，只緣身在此山中。」作者當時理解的現實和內心世界的碰撞，以文字呈現可能是「嶺」，閱讀之後的真實感觸或是重整內化的情緒可能是「峰」，閱讀手札讓讀寫之間進行完美的「換位」，讀者試著走進作者的世界和所處位置，以同理之心揣想當時作者寫下這段文字的各種可能，我稱為「深度閱讀」的階段，唯有多次進入作者真正思想及所欲表達的書寫歷程，我們對文字中的具體細節、複雜情緒，都可以透過「慢想」的方式，將作者出色的思維與細膩的觀察記錄下來，去探索、分析、質疑、建立更多與作者書寫的關聯性，發自內心真實反映閱讀過後的心境與所得，會讓我們學會如何更貼近書寫者，以及每個創作者如何從書寫找到生命的依歸。

從讀到寫，從「刻意練習」到「有效輸出」

「讀」和「寫」的關係是不可分割的，當你充分理解作者創作的動機、思想，你就容易連結到眼前的生活與內在情緒。剛開始，我的閱讀紀錄也會試著模仿作者表達的形式、書寫的風格，進行「刻意練習」。有意識地把閱讀的材料連結成寫作的素材，達到「有效閱讀」的輸出。每篇作品都有其書寫的結構、描寫手法、作者慣用的語氣、用詞，甚至是獨特的藝術技巧。這階段的閱讀，除了讀懂文本表層意義，我認為深層的解讀與剖析，有助於轉化成寫作的能力。例如：事件的衝突、矛盾，常常是造成後續結局的線索，常有人會誤以為這是「寫作套路」，其實透過整理創作者慣用的書寫形式，你將更容易讀出隱含的關鍵訊息，進入深層理解的階段。還有，當作家書寫的藝術手法有相似或雷同時，你可以更精準地在其展現的美學技巧上，輕鬆代入作品所欲傳遞的經歷與心境。

蒙特梭利說過：重複是孩子的智力體操，其實讀寫轉化的過程也是。我在不斷重複翻讀一本書時，更精確地理解與分析作者真正要傳達的創作動機。在閱讀的歷程中，重複閱讀對我在細節記憶、書寫秩序上的訓練，其實有很大的幫助。因為從讀到寫，它是一個逐漸累積的過程。

探索書寫者說不出口的秘密，破解生命的密碼

若想從讀者的角度去完整參透文本的內容，必須從作者生平、作者性格，創作意圖來著手。甚至是從相同主題的作品整理出可能的訊息連結，並在有意識重讀時，從內容主題、寫作手法去釐清寫作者的書寫系統與邏輯。如此一來，就可以看出更嚴謹清晰的書寫輪廓。例如，卞之琳〈斷章〉：

你站在橋上看風景，看風景的人在樓上看你。
明月裝飾了你的窗子，你裝飾了別人的夢。

短短四句三十五字的〈斷章〉，表面呈現簡潔、寧靜的文字氛圍，其實其蘊藏著作者複雜、糾結的情緒。評論家常說它是一首意蘊深奧的哲理詩，多以看風景為解讀主軸，稱之猶如淡筆勾勒的水墨畫，給讀者許多聯想的弦外之音。但，誰才是真正在看風景的人？橋上之人和樓上之人，為何會相互產生曲折又曖昧的戲劇關係？到底詩人想告訴我們什麼幽深的意韻？雖然是眾說紛紜、各自解讀。但若你了解卞之琳寫這首詩的年紀，以及後來他對張

家四小姐張充和長達N年的暗戀史，你或許會更理解這位個性木訥、內斂，不善言辭的詩人，寫這首詩時的動心起念，可能不是出自高明的哲思，而是一片儘管對方已心有所屬，仍舊深愛的「癡心」而已。

若從這個視角來解讀，你或許就能輕鬆地走進詩人的世界，一個人到底要把愛慕之心藏得多深沉？才能寫出這首讀來有點悲傷、有點思念、有點放不下牽念的暗戀情詩？如果你讀懂了，你就能明白：想和喜歡的人散個步、聊些慰安話語，這看似簡單不過，但現實卻不可得的心情，這不只是悲傷，它是比悲傷更悲傷的遙望與凝視吧！

這種看似每天重複蹲馬步、打木人樁的讀寫基本功夫，是鍛鍊自己轉化讀寫能量最好的方式。通常，我讀到與自己心境相似的作品時，會試著整理成一個心得主題，再對照他們描繪的時代和事件，爬梳出目前自己的時空與心情，兩者看似同中有異、異中有同的整理，不但容易呈現自己的創作意圖和創作思維、方便讀者連結與類比，也能讓自己的作品有舉一反三的感覺。

每部作品都是書寫者說不出口的秘密，透過文字的入口，款款傾訴生命的密碼。神經科學領域的科普作家蘇珊．雷諾茲（Susan Reynolds）曾引用諸多研究證實：「細讀」（deep reading）有活化大腦的效果，更是訓練靈活腦袋的絕佳活動。因為爬梳豐富的細節、找出文學技巧的語言時，啟動腦袋與體驗書中所述文字的畫面是一樣的。因此她提出中肯的建議：對於想要活化大腦的人來說，詩歌和文學小說是最好的入門，也是創作者激盪豐沛情感最佳的方式。這種細讀的經驗，一如我最近重讀〈琵琶行〉時的心境。正處於生活有點糾結與困惑的時刻，我細讀著〈琵琶行〉，頃刻間，秒懂白居易的心情。

一位左遷九江郡的司馬聽到舟中夜彈琵琶的女子，發現女子的琴聲藏有京都（長安）音韻，這樣熟悉卻又充滿感傷的琴聲勾起白居易的陳年舊憶。眼前這位年老色衰的藝女當年曾是名滿京城的琵琶女，如今已嫁為商人婦。白居易貶官兩年，心境看似恬然自安，心情卻因琴聲而重新勾起，生命至此，也有了不一樣的轉彎。白居易的〈琵琶行〉讀來有沉默的憐惘，有繁華落盡的省思，他塵封已久的情緒，在琵琶聲中被催促而出，這份感同身受，讓他寫下「同是天涯淪落人，相逢何必曾相識」的千古名句。

但，我卻在〈琵琶行〉中，看見詩人體己的溫柔，那是對庶民百姓不同階級的同理共感，因而，白居易不拘泥在追求文學藝術的高度，他所追求的，是讓每個人心中存有一首詩的癡心。因而「老嫗能解」是多麼動人的「彎腰」書寫，不為自己的人生書寫，而是為了實現「詩是生命的解藥」的理想而創作，這份書寫的心意，也打動曾陷在生命泥淖中的自己。

我熱愛閱讀，絕不是在追求「閱讀傳道士」的標籤，而是捧著真心，期待每個人都能透過讀寫的習慣更親近美善的世界。當你揚棄書寫高手的執念，你會發現你的文字像白居易一樣，存有引人入勝的廣袤詩心，你對抗的是內在對於文學地位、對於外界評價的枷鎖，為圓一個讀寫的圓滿而來。當我們正處於琵琶女的際遇時，若有一位作家像江州司馬的體貼，以淚沾筆墨，處境真誠地為你而寫，當你見證「時而歡唱，時而悲吟」的生命之歌流傳於世，能不感動與慶幸嗎？

猶如《茶金》說的：「東方美人茶是被蟲咬過的茶……茶和人一樣，傷口讓人脆弱，也使人堅強，正是傷口讓你變得跟別人不同。」在微塵俗世裡，文字讓自己終能心安，就像蔣勳《龍仔尾．貓》提到的：「困在卦辭是：亨，貞，大人吉，無咎」，眼淚也在作者文字的觸動下汩汩流出，心靈卻得到了平靜。文字如光的指引，讓我懂得：困而不失其所亨，在困境中不自困，從眼前的關卡破繭而出，就能找到通達之道，最終尋回「吉」與「無咎」。

或許，我們都無法參與他人輝煌的人生，但能在重要時刻，以文字慷慨解囊、支持彼此，這或許是書寫者從閱讀到寫作，最重要的一個如光般的支持吧！一如閱讀《移工怎麼都在直播》作者江婉琦真實記錄移工朋友飄洋過海來到台灣的笑聲與淚水時，我彷彿看見白居易以社會寫實的筆鋒，讓我們更貼近土地的溫度，走進不同階級、族群內心真實的情緒。當你身為一位讀者，可以不斷地在深思、重讀；重讀、深思的書寫訓練下，找尋到作家對他人的同理心，以及創作文字深層的意義時，我想你已經可以好好整理自己的情感與故事，透過書寫與全世界進行一次深度的讀寫分享了。

每個日常，都是向經典致敬的創作手勢

從閱讀到寫作最困難的歷程，是如何從輸入的知識鏈，有效提取、使用，與自己的思考順暢地整合，並且產生新的知識。我常觀察到一個現象，現代是知識取得容易的時刻，但我們輸出的文字品質卻不高，即便你閱讀的量夠多，仍無法有效地提升自己的寫作力。因此，書寫者盡量不要囫圇吞棗地只讀農場文，或是斷章取義過的速食文本，而是要找到自己心嚮往之的書寫楷模，向經典大師請益，專注地把他所有的作品一一讀完。透過完整閱讀一位經典作家的作品，你能獲得專業領域的知識；透過作品的深度閱讀，你能找出文本內容的真正核心。在這個過程中，你也可以問自己三個「為什麼」：作者為什麼要這樣寫？如果是你，會如何鋪陳類似的情節？現實生活中有沒有類似的真實案例？與文字不斷探究的過程中，你不但能更理解作家的寫作動機、風格，也可以更了解自己對相同事件的想法，完成從「讀者」到「書寫者」的心態過渡，並從中獲得深度的思維力。

從模仿到批判，走出自己的寫作之路

舉例來說，翻開文學系譜，受到張愛玲影響的作家不計其數。但，能熟讀張愛玲作品，並將其精髓體現在作品中，並在創作的過程，不斷對自己的書寫進行自我的批判，直至能撕下「張派」標籤的，就屬作家朱天文最為獨特。從張派掌門人到走自己的路，朱天文實踐薩依德★說的：「在扮演（知識分子）這個角色時，必須意識到其處境就是公開提出令人尷尬的問題，對抗（而不是產生）正統與教條，不能輕易被政府與集團收編，其存在的理由就是代表所有那些慣常被遺忘或棄置不顧的人們和議題。」我們都知道，朱天文的父親朱西甯從小就著迷於張愛玲作品，堪稱台灣的首席張迷，這樣的家學淵源必然影響著朱天文。但一如朱天文說的：自己從張愛玲的身上學會的是「不從眾、忠於自我」的堅持，而不只是寫作技法的運用及模仿，朱天文身上有著張愛玲「勇於寫自己想寫」的信念，即便她一直被歸為張派作家，最後仍以《荒人手記》「以奢靡寫頹靡」的風格宣示出走，她告別「張氏」的蒼涼，擺脫「傳人」的框架，走出屬於「朱天文」的文學之路。她承繼張愛玲的寫作理念、作品體察，並持續吸納政治學、經濟學、人類學等視角，與電影專業進行寫作的結合，持續拉高自己的創作天花板，最後能超越朱天文的，也只有朱天文。

現代的日常，潛藏經典的線索

每次創作，都是突破框架的練習，從閱讀作家的文章，試著拆解作家的

★ Edward Wadie Said，國際文學理論家與批評家。

寫作方法，從中學習他們的思維高度，刻意練習他們用字遣詞的技巧，進而找到自己的書寫價值和作品風格。就像小說家莫言說的：創作者要學會觀察人、研究人，當然也包括觀察自己、研究自己。只有理解別人更加透徹，你才能理解自己更深入；當然，理解自己更加精準，你才能更加同理作家筆下的人物。以《潮人誌》系列為例，我會刻意把古人生平與作品等訊息，透過時事、戲劇、歌曲、星座等元素加以連結，觸發新的解讀與啟示。我用的方法是「舊瓶裝新酒」，將我收集的第一手資料轉譯成對現代讀者而言有意義的資訊，當每個看似不同時代、不同背景的事件，產生共同的交集，會讓讀者讀後產生更具共鳴的聯想。例如，現代人最重視的「社交貨幣」，其實在中唐文學圈也是重要的，從他們建立的人脈網中，我們得以看見白居易和元積如何在社交圈發展出「贈酬詩」文化。文人之間以詩文交往應酬，贈送作品以表達感謝之意，詩文的一來一往，記錄著朋友之間從相識到相知的歷程，正如同當今社交平台上，傳遞思念、明表情志、好友互相按讚、留言的「互挺表態」。中唐詩人在詩文中的相互酬唱，與現代人在網路上的相互交流，都能看出人際關係、朋友圈、政治傾向。雖說是看似不同性質的文本，卻能提煉出同樣概念。先運用假設性思考，把日常觀察歸納比較，再透過事實證據不斷驗證自己想法的合理性。這個思考架構和之前看過的一則新聞相似：法國政府招募一批充滿想像力的科幻作家，讓他們和一批優質的科學家們組成「紅隊」。小說家的功用是幫助軍隊運用「反烏托邦」寫作的精準邏輯與想像力，預測法國可能會遇到的軍事威脅，讓他們能預先評估並準備提防。

因而，「讀」和「寫」並不是脫勾的兩件事，運用閱讀擷取重要概念，再結合自己的日常生活進行知識的再製，就能輕鬆地在第一手資料的基石下，運用假設性思考，整合不同的文章素材，把瑣碎的資料、數據消化重組，在共同的概念下進行再創作。

不同的文本，不變的人性

從閱讀到寫作，我常把素材標籤打開，把相同主題的素材，穿插不同時代、不同媒材的組合，讓新世代的讀者更理解不同文本的交替運用，產生無違和感的內涵共振。從讀到寫的轉化，就像是為了相同的生命疑惑尋找答案的美好之旅。每個人都有難以言說，被逼上梁山的悲劇情節，幸運的人能懸崖勒馬，遇見貴人拉他一把，不幸的人猶如重力加速度靈魂直接下墜，成為邪惡反派。在去年最火紅的動漫《鬼滅之刃》中，「鬼」是見不得光的族類，無法用約定俗成的方式維生，主角竈門炭治郎為了家計下山賣炭，一回家，竟發現全家人都被鬼殺光殆盡，連他最愛的妹妹竈門禰豆子都不幸「鬼化」了。炭治郎為了尋求禰豆子變回人類的方式，結識志同道合的打鬼夥伴們，也開啟了這個光明與黑暗對峙，內在是非善惡拉扯的故事。這部動漫情節笑中有淚、淚中有笑，讓我忍不住聯想經典小說蒲松齡的《聊齋》。〈聶小倩〉中的寧采臣和聶小倩人鬼殊途，身分階級截然不同，歷經劫難後卻能同歸幸福愛情的結局。其中，燕赤霞無私的幫助，就像炭治郎的師父鱗瀧左近對男主的情義挹注，《聊齋》中的姥姥、黑山老妖，猶如鬼王無慘和十二鬼月的無情虐擊。兩部看似風格迥異、文本屬性不同的作品，卻都有著善良的男主角，無論是為了親情也好，愛情也罷，歷經艱險困蹇，更理解人情聚散、學會犧牲奉獻。同時，作者都以連載或章回的形式，包裹文本重要的創作動機，當邪不勝正成為人生標的，讀者就擁有一個光明未來的期許。

再從《進擊的巨人》和魯迅〈孔乙己〉來討論，兩者都描繪出一個殘酷又美麗的世界，都對於階級對立、人我掠奪做出了深刻的批判。《進擊的巨人》以從外到內的三牆——「瑪利亞之牆」、「羅塞之牆」與「席納之牆」，就如同〈孔乙己〉中，在咸亨酒店以曲尺型櫃台類分「短衣幫」（藍領階級）與有位置可坐的「長衣幫」（知識分子階級），兩者都蘊含著上流社會、寄生上流、下流社會等階級控訴，一如我們理解的：金字塔頂端1%的人口掌握了全球近50%的財富，創作者即便隱含對於卑微階級的同情共感，卻選擇用更冷峻的筆觸去審視他們的心理，悲劇是咎由自取？還是與生俱來的不公不平？創作者善於勾勒其幽暗的內心世界，讓讀者既心疼主角承擔的生命苦難，卻也務實地理解：現實世界有時是無法用道德與善意去支撐的，同時，人性常常是禁不起考驗的。

閱讀是對世界的理解與同理，寫作卻是思考與自我批判的歷程，每個看似極其平凡無趣的日常，在創作者的素材分類下，都可以變成極具詩意與思辨的一篇文章。你的創作素材可能來自一部電影、一部經典，但是它們在創作者的分類與整合下，都能夠拉出嶄新的視角。一如日劇《東京愛情故事》中的莉香，和《小婦人》筆下的喬，都有時代新女性零死角的燦爛笑容，既具前瞻奔放的性格，也擁有天真無邪的人性之美，以此類比，當經典遇見日常生活，可能會是創作者很棒的素材串聯，把握每個驚鴻一瞥或是靈光乍現的剎那，善用文字轉化，把每個日常，轉變為向經典致敬的創作手勢。

回歸真實

——從慢讀到減法書寫

回顧自己的寫作經驗，我在創作前，都會有一段漫長時間的慢讀時光。將相同主題的素材反覆拿出來琢磨，可能是詩歌、小說，也可以是散文、理論，從古至今排列分類，再以探究的經緯線編織書寫任務的「織錦」。歷經學習、懷疑、思辨、解決問題、啟發價值等過程，最後終能織成花紋斑斕、圖案精美的創作。有些作家窮盡一生，只為寫一本書：曹雪芹《紅樓夢》、蒲松齡《聊齋》、拉布呂耶爾《品格論》、瑪格麗特．米切爾《飄》、普魯斯特《追憶似水年華》都是這樣的作品，他們專注於自己的創作，把書寫當作一輩子的志業，不斷修潤文稿，匡正自己的世界觀、人性觀、價值觀，用生命去傳遞自己的聲音，累積出一本傳世巨作的厚重。就像陳柔縉在《人人身上都是一個時代》寫的：「忽然我已經年過五十，回望才知自己擁有一個可用書來丈量的人生，也驚覺原來一輩子只能寫幾本書而已。」這樣的書寫思維，一如萬維鋼《高手賽局》提到的：「我們看各種演義故事，因為過分相信計謀的作用，實力似乎都不重要了。動不動就要以弱勝強，要打『聰明仗』，好像以弱勝強是普遍情況，四兩撥千斤是常規操作一樣。」寫作者如果常強調寫作捷徑、成功策略，就會陷入追求短視近利的謀術，你的爆紅與崛起可能會變成曇花一現的書寫煙火。

在廣袤的寫作世界，找到自己的容身之處

因而，在成為書寫者之前，你可能要問自己三件事：

第一，你是否知道自己為什麼要寫作？你的書寫對自己或他人具有重要意義嗎？

第二，你的書寫計畫有明確的目標、步驟與實踐的行動嗎？

第三，你知道同類書寫者如何書寫嗎？你有哪些不可被取代的優勢？

在廣袤的寫作世界，如何幫自己找到定位，其實不容易。以我自己為例，我也曾經歷過跌跌撞撞、踉踉蹌蹌的時期。加拿大作家愛特伍★說過：「寫作之路猶如『在迷宮裡蒙著眼睛亂走』」，寫作是蒙眼的摸索與恐懼，讓自己感受在黑暗中，如何聽從心底的聲音勇敢地踏出下一步，重新憶及在迷宮中繞呀繞的寫作過程，卻是無比享受的時光。你沒有被定型、沒有被期待，沒有光環加身，隨意亂走的時光，你會盲從地走在眾聲喧嘩的路上，和主流書寫靠攏，卻在某個清明澄澈的剎那，好似被流星擊中，內心沉睡的靈犀突然被某些作家的書寫喚醒，你慢慢走進真正寫作者的精神系統裡，你開始有意識地評估自己的優勢與劣勢、威脅與機會，你終於不再昏聵，你是一頭清醒的獅子，開始採取對自己最有利的書寫行動，產生積極主動的書寫鬥志。而也正是此時，你終於懂得陳映真說的：「文學為的是——使喪志的人重新燃

★ 瑪格麗特．愛特伍（Margaret Atwood，1939 年 11 月 18 日—），加拿大詩人、小說家、文學評論家，代表作有《盲眼刺客》、《使女的故事》。

起希望；使受凌辱的人找回尊嚴；使悲傷的人得到安慰；使沮喪的人恢復勇氣。」

你會停下來詢問自己的是：每一行的書寫，到底想向尚未存在的讀者們訴說什麼衷曲？因為書寫，我感受真實地存在過的熱血澎湃，勾勒一個和讀者共感的奇想世界。還有，我想透過文字烙下那些「非說不可、非寫不可」的激情。癡心寫下讀者真能理解、解讀在文字符碼之下的真心真情。

寫作者的軟實力：自由技藝

關於寫作，萬維鋼提到過一個概念「Liberal Arts」，他譯為「自由技藝」，是比專業技能更高段的知識，俗稱「軟實力」。這對於寫作者而言，意味著「獨立思考」，若想要讓創作的觸角更深入，就必須了解世界各地的文化習慣、風俗思考，通常這些資料不是用大數據能完整收集的，而是從文學作品中反思拼湊而來的。萬維鋼認為，人工智慧時代，自由技藝能夠提供我們「意義建構」的能力。若把自由技藝和現代潮流結合起來，就能從更高遠的視角去洞悉書寫的主題，不侷限在自己的專業，不困囿於知識的傲慢，反能以一個重新學習者的心態去擴展自己書寫的格局和廣度，豐富生活的經歷，以理性他者的視角去描摩所見，超然客觀的立場寫下所聞，避免過多的偏見干擾，保持理性思維以參透書寫的本質。如果，你是一位小說創作者，想要深入刻劃角色心理，除了閱讀心理學相關的書籍，也可以聆聽心理師的 Podcast，從談話到文字，你可以全面找到題材書寫的價值與脈絡。

當你對角色心理掌握度夠高時，不管是外顯的人設，還是人物性格、日常對話等，你都能精準描繪，一如孔子說的：「言之無文，行之不遠。」跨領域知識的涉獵，有助於書寫者擴展書寫的多元性。不過，書寫者從獨特到專業，也得從生活的實際走踏，融入聆聽、閱讀來發掘素材，除了自身經驗，並輔以專家、耆老的經驗智慧，會發掘更多的書寫角度。記得有次在聽多位作家分享自己的「命定之書」時，聯合文學總編輯王聰威提及：十八歲之後，自己從高雄到台北念書，和母親的關係變得淡薄疏離，甚至很少回家，一年可能只見面一次。沒想到，因為《濱線女兒》這本書，以媽媽家鄉哈瑪星的故事為軸線，靈感來自母親幼時的見聞，在三年多的書寫日子，反而是他與母親相處最親暱、美好的時光。當他繆思消逝，寫不下去時，就打長途電話回家詢問細節。年輕時一心要成為作家，卻處處受制、受限，最後能以《濱線女兒》被文學界肯定為小說家，真正要感謝的是母親豐富故事的神救援。當聰威說出：「沒有人像母親那樣愛我了，謝謝媽媽一直愛著沒那麼好的我。」這部小說在聰威母親離世後，晉升成作家重要的命定之書。而我和母親相濡以沫的關係，讓我在冷冽的人生時節，以愛為名，感受人間的快樂與智慧，母親許我生命燦爛的花季，當母親私心地期待我有機會能完成一本散文創作時，《有情人間》成為我們生命的文字密碼。就像搖滾天王伍佰，以一首〈浪人情歌〉出道後，首首火紅，圈粉無數，過去他曾身處低潮，為了要繼續自己的搖滾音樂夢，他做過無數普通人難以彎腰從事的工作，凡事親力親為，這些曾經品嘗過的生活酸澀，也真實地呈現在他的創作中，歌詞的文字，勾勒出歌者活得真實，也活得灑脫的真實情貌。正印證了肯特・內伯恩《創作者的藝術之路》提及的：「無論哪種藝術形式，重點不在視野廣度或背後意圖，而在於這種視野是否真實。」

是什麼，讓你能夠一直寫下去？

讀者的成長，也是書寫者永續經營的創作動機，對創作者來說，最希望的就是能讓讀者如鮭魚般洄游，從質疑到認同，共同成長，最後成為彼此最好的盟友，甚至受喜愛的作者感召而願意投入書寫的行列。冰心說過：「寫文章，一分是靠天才，九分是靠壓迫。」用「壓迫」一詞是十分有意思的形容，書寫者可能為了創作信念、為了讀者、為了自己而寫。

沒有壓力的書寫，進度可能會拖延，目標可能會不明確，如何在壓迫的氛圍中，保持書寫的自由自在，是寫作者的自勵自勉。記得三島由紀夫在《文章讀本》說過一句霸氣的話讓我深受震撼：「我是一個小說家。我坐在桌前，就像一個將空氣中的氫氣與氧氣化合起來，做出某種藥品的人一樣……我從不回頭對文章做修改，對我來說，推敲就是在每一張稿紙裡一決勝負。」他正是靠著這樣的自負與自信，駕馭每次的書寫任務，同時透過如實有感地記錄，練就去蕪存菁的筆鋒，從可貴的生活經驗與閱讀資料中，留下能觸動人心，讓讀者存取的生命智慧。猶記小說家陳柔縉曾如是說：「自己想寫的總是那些『離歷史主舞台很近卻沒被看到的人』，我不在意大歷史與大人物，把書寫能量，投向如轉軸間重要零件般那些散落的人名、時光。」看來寫作真的沒有訣竅，一位書寫者需要定時定量的創作，在文字中謙卑恭謹地看待生活，在專注中發現動力與熱情，同時你必須學會捨得，用「減法」來創作，刪除不該出現在主題的素材、贅詞，一如冰心說的：形容石榴花，「榴花照眼明」就比「榴花照眼紅」栩栩傳神？這個「明」字和「紅」字的差別，正是寫作者精準的斟酌，避免投入過多的個人情緒，「把適當的字眼用在適當的地方」。

當思緒在字裡行間飛舞之際，你永遠可以回歸寫作的起點，誠懇地問自己：這段文字帶來如詩行吟的天真浪漫？還是引領讀者飛越闃暗幽谷的真實力量？

打開寫作的任督二脈
——虛實轉化的技巧、說故事的能力

作家蔡淇華日前在臉書提及：學生的寫作力正以「雪崩」的形式在坍壞，這意味著，寫作力的提升已是校園教學現場要積極面對的挑戰。當時代不同，寫作的目的不同，難道我們還要沿襲舊有文以載道的傳統？固守起承轉合的結構？要學生背誦八股無感的名言錦句、言例與事例嗎？顯然的，我們現在需要的寫作力，和過去迥然不同。未來的工作若需要專業思考、複雜溝通，寫作教學應該以培養學生的觀察力與想像力為出發，透過學習遷移，讓他們達到知行合一的寫作素養。若從世界經濟論壇（WEF）《2020未來工作報告》的論點來談：無論是在職進修者抑或是待業者，對於寫作能力、策略分析跟Python程式語言等能力，都是職場必備且看中的主要技能。弔詭的是，在校園沒培養好的寫作力，卻變成職場的必備能力？這意味著：在學生成年之後，因應工作需求，他們得要自行腦補、進修寫作課程，讓稀缺的寫作力滿血回歸。同時，我們也可大膽來預測：未來，無論你是從事哪一個行業，都需要進行提案、行銷、廣告、社媒經營，貫穿其中的就是寫作力。同時，自媒體時代，寫作更是不能缺少的職場關鍵力，如何累積構成寫作的樂趣，也找到寫作的利器，從會寫到能寫，從能寫到善寫，有效地透過文字建立個人標籤、與人溝通、和世界接軌呢？

冰山理論：借物抒懷的寫作力

寫作除了要大量閱讀的輸入，練就「降龍十八掌」的寫作招式也是很重要的。當你看到一個寫作主題，是否常常陷入腦中斷片與空白的窘狀？甚至不知如何下筆？這時候，我們可以試試海明威提及的「寫作冰山理論」。文字書寫出來的部分常像露在海面上的冰山，水面以下重要的情感或是意識可以選擇「留白」，造成意象之美。因此，創作的時候，我會利用「冰山」寫作的模式，讓自己自由地從主題去發散觀察與聯想，然後透過聚斂，留下該寫的主軸與事例。若以110學測題目「冰箱可以很滿，可以很空，當你打開冰箱，通常想尋找什麼？又看見什麼？假如有一座屬於你的新冰箱，你會有怎樣的想像？冰藏什麼（虛實皆可）會符合你所期待的美好生活？請以『如果我有一座新冰箱』為題，撰文一篇，文長不限。」為例，新冰箱外在帶給書寫者的視覺、聽覺、嗅覺、觸覺等感官的具體描寫，以及保鮮、儲存食物的內部功能的說明，是「冰山以上」的範疇，而透過實體元素，賦予其層次多元、意象豐富的思想與情感，則是「冰山以下」的內涵。因而，一座新冰箱可以象徵虛擬的小小世界，冰箱保鮮的功能可以減緩食材變質，如同過往封存時光的載體，凍結悲傷的過往，留下生命的美好符碼；也可以是能力的持續保值，讓我們靜待時機以期一展抱負。再從打開與闔上冰箱的動作，闔上它，如同阻隔世界的喧囂與繁雜，讓我們能獨處在一座冰冷之城，學習與孤獨共處，和它成為朋友。偶爾有人打開它，各取所需，內外冷寒交流，也像極了人際關係的互動。最後，再從冰箱空虛與滿溢的狀態，轉化成人生中，減法與加法的價值抉擇。生命的喜悲愁樂彷彿凝縮在一座冰箱的所有意象之間。一如作家黃麗群在〈如果在冬天，一座新冰箱〉所言：一座夠大的新冰箱也豈止於冰箱，它是一種想像、一種意境、一種可能性，它富有召喚家庭生活最好願景的潛力。最後她買來的幾乎有原先弧線窄身那部兩倍分量，方口方面，杵在公寓廚房裡好像在屋內養了特洛伊的木馬。作者從實體冰箱容量的改變，連結母親內心抽象的情感，運用虛實轉化的技巧，刻意用特洛伊的木馬的誇飾手法傳達空間變小了，卻讓母親對幸福的想像變大了。當我們透過冰山理論實踐虛實轉化的寫作技巧之後，就能訓練借物抒情的寫作技巧。

　　這些寫作技法也常見於琦君的懷舊散文中，作家常常會借用物象去傳遞含蓄溫婉的情感，在〈髻〉一文中，我們可以從母親與姨娘的髮型，刻劃兩位女子的不同形象，傳統婦女的鮑魚頭與摩登新女性的橫愛司髻、鳳凰髻，暗喻兩人在父親心目中地位的起落以及關係的親疏：母親就請她的朋友張伯母給她梳了個鮑魚頭。在當時，鮑魚頭是老太太梳的，母親才過三十歲，卻要打扮成老太太，姨娘看了只是抿嘴兒笑……姨娘抹上三花牌髮油，香風四溢，然後坐正身子，對著鏡子盤上一個油光閃亮的愛司髻。

書寫常常是內在的自我對話、價值的釐清，虛實的書寫技巧，著重在辨析物件的特徵，運用細部的摹寫、聯繫物與情之間的關係，連結個人經驗，敘寫物象背後的意涵與情意，達到借物抒懷的意象美學，這也是寫作力常見的基本功夫。從客觀的外在描繪進行主題與意象的連結，加以闡述人生省思與感悟，從冰山理論練習起，能訓練虛實轉化的精準的連結。

說好故事：改變世界的寫作力

人類學家尤瓦爾．哈拉瑞在《人類大歷史》中提到：我們的祖先智人靠著說故事的能力打敗身形比他高大、性格更強悍的尼安德塔人。這是為什麼？一個好的故事不只能打動人心，改變思維，建立價值網絡，還能創造奇蹟。

當你聽到身邊的人對你說：「走，我們到森林裡去打兔子」時，這個直白的問句，會讓不愛打獵的人直接拒絕。但，當你換個故事哏來說：「走，走，走，我們小手拉小手，拿著手上的尋寶圖，帶著你的武器，到森林裡找神奇寶物，順便邂逅美麗的仙杜瑞拉……」即便你不愛打獵，也會被這新奇有趣的邀約，召喚出走的欲念，起身跟進。

「說個故事讓世界記住你」，這就是賈伯斯時常烙印在我們腦海中的原因：他在每次的新品發布會，總會用一個又一個的故事，讓自己和商品成為當時最夯的話題，看來，能改變世界的不一定是政治人物，可能是真正會寫故事的人！就像小說家孔尚任，其《桃花扇》以秦淮風月與南明興亡為創作基底，不僅讓史可法、左良玉的愛國身影被搬上清代劇曲的大舞台，夜夜演罷讓無數晚明遺民低迴不已、淚垂至天明，連冷靜的康熙皇帝都派人向作者孔尚任索取小說文本，頗為心驚。看來一部小說可比一班強大的軍隊，似能撼動清代領導的威信？

故事力從過去到現在，都是寫作力重要的一環。我特別喜歡作家歐陽立中說的：「把你的人生所有事都封裝成故事」。但，每天二十四小時，林林總總發生那麼多的事情，我們又如何將之封裝成耐人尋味的故事呢？當然，我們可以為生活尋找故事金礦，就算是自身負面或低潮的案例，也能製造劇情反差，拉近自己與讀者的距離。以《內向小日子》作者黛比．鄧為例，她以詼諧的文字揭露自己從小不喜歡交朋友，受困於社恐、怪咖標籤的歷程，透過一篇又一篇的圖文故事，引領安靜內向的讀者喜歡自己、相信自己，原來，內向者也可以過得獨特又勇敢，一如作者能將性格的劣勢轉換成優勢，安靜者更能專注於喜歡的事物，得到恬然的人生，只要你做到自我悅納。

同時，華語世界首席故事教練許榮哲的「靶心人公式」，也是我們得以善用的布局方式，讓故事結構高潮迭起、引人入勝。許榮哲曾經用電影《我的少女時代》來進行故事情節的拆解：

1目標——平凡高中女生喜歡零負評校草歐陽非凡

2阻礙——林真心發現歐陽非凡和校花陶敏敏是天造地設的CP

3努力——校霸徐太宇與女主林真心聯手組成「失戀陣線聯盟」，準備拆散校花、校草

4結果——林真心外型大改造變身美女；校霸徐太宇躋身成績風雲榜

5意外——校花向校霸告白，林真心藏起對他的愛慕之心

6轉彎——校草告訴林真心實情與徐太宇即將出國治病

7結局——兩人在二〇一五年「真心愛妳」演唱會重逢

想寫個好故事，可先從自身素材收集起，當作挖掘故事的金礦，成為寫故事的基本底子；靶心人公式則是透過容易熟記的口訣，打造寫故事的黃金結構。學到兩個重要的寫故事套路，讓你寫出好故事既省時又吸睛。當然，寫故事也要注意到主要角色與次要角色的形象定錨，對話的內容牽涉到人物的衝突或是和解，同時，利用微暗示、縝密的邏輯、簡短有力的敘寫，讓整體場景的營造、故事的氛圍、人物的形象都能緊緊相扣，利用情節設計與人物形象，完整呈現故事的寓意。看似尋凡的生活，用對方法，卻能讓讀者彷若進入一千零一夜的奇幻世界。以我為例，若要把教學的日常寫成一個故事，我會這樣書寫：

「education」是一個人引導一個人而成為真正的人之過程，常常以為學

生畢業了，很多的感情也就逝去、淡然了。但每當聽到一聲：

「老師，我回來了……」

久違的呼喚，還是感動得我熱淚盈眶、思念氾濫。今宵最是痴心對：學生，你會不會回來？

回首年年歲歲，教學的歲月都是經苦、歷澀、過酸、回甜的歷程，「與君世世為師生，更結來世未了情」，那是老師的癡心，也是無須互許就已盟訂的信約。

學生會不會回來，彷若是張傾盡一生情份，時時都被孩子評改的人生考卷，也像是孩子離開校園後，一把啟動生命共同體的鑰匙，此生情意映照，不離不散。

那夜，我與國三學生在南投埔里度過畢旅的夜，卻遇上史上災情最慘重的九二一。天搖樓坍、山崩地裂，我倉皇逃難的當下，心念所繫是：我的學生現在在哪裡？剛教書的我，因找不到學生而倉皇，因望不見學生而憂心，直到與失散多時的班長重逢，火速地奔向他：同學們呢？大家是否都好？

班長抱緊我說：全員到齊，只剩老師妳……大家正在擔心妳呢！

淚眼朦朧中，我彷若望見是學生的身影屹立不搖地護住我的脆弱，那是我第一次感受到無常的恐懼：他們生，我亦生；他們死，我亦難苟活的老師責任。看似踽踽獨行的教學路，學生早已是牽絆我生生世世的另類家人。多年後說起這段回憶，我依然會淚流滿面。

「老師，都沒變……還是那麼幼稚。」

「老師，都沒變……還是那麼愛哭。」

老師，都沒變……

是呀！年輕的他們愛與恨、離與合都是那麼純粹真實，片時的娛歡、荒唐的選擇，因為年輕，嘗盡恣意哭、大聲笑，只有燦爛的流光，才有青春一晌貪歡的權利。長大後的他們笑談恩怨情仇，和樂融融的情狀，多半是離苦回甘的雨過天青。而我塵滿面、鬢如霜，卻能擁有片刻相聚的柔情似水，就是上天給予的最大恩澤，曲曲折折的教學路，終在你們回來的那一刻，望見生命彷彿若有光的美好。

原來，把好故事寫下來，記憶就不會被遺忘。而虛實轉化與故事力更是寫作力重要的任督二脈啊！打通它們，就能掌握寫作的關鍵技法。一如奇幻小說家陳郁如，善用古代物件來營造超時空的穿越真實感，在《長生石的守護者》以古物雙羊玉與青銅鈴首刀為喻，讓你瞬間進入青銅器的商朝時期。再以「羊」與「祥」的雙關意涵，運用「吉祥」當作隱喻，建立故事軸心的連結，讓黑暗巫法與長生石的對峙，產生冒險、修練、回歸的生命之旅與探索意義。作者高度精準的故事敘事力，來自於她對文字的駕馭力，穿越時空、冒險闖關、溫暖親情，一直是她故事的多疊軸線，完美連結意象與情感不慍不火的拿捏──「尖尖的黑色傷口」與「山上涼亭裡奕安手腕上的蛇咬齒痕」，給足讀者推理的線索，文字的動態美感，緊湊的情節張力與意想不到結局，都是寫好故事的必備條件。

郁如完美地把奇幻哏與歷史文化美術等真實知識融合，傳遞人性本善的美好價值，不說教地模糊了殘酷的現實人生，讓讀者學會愛與善意都能讓誤會與傷害和解。

寫作力讓我們重返回憶的長河，慢溯在時光的柔波裡，曾被遺忘的生命足跡，在寫作之光透進的瞬間，我們重新省視如迷霧的過去，原來，奮力地不向命運低頭的堅毅，是我們持續書寫的真正動力。

向一流企業家學思考

——寫作的時間精算師

英國歷史學家西里爾・諾斯古德・帕金森（Cyril Northcote Parkinson）曾提出帕金森定律★，讓我驚覺到：若無法把時間進行精細的計算與妥適的安排，我們可能會像帕金森文中的老太太一樣，整整花了一天的時間，卻只完成寄送明信片這件小事。這個例子也讓我想起：曾經有一次，我手上有一個重要的專案，本來有兩個禮拜的時間，可以按部就班地完成，我卻把工作留到最後關頭，以壓死線的方式勉強完成。就像管理學之父彼得・杜拉克（Peter Ferdinand Drucker）曾要經營者進行自我的組織五問：我們的使命

★帕金森於一九五五年在《經濟學人》雜誌發表：「一位老太太可以花一整天來寫一張明信片，而一個很忙的人卻只需要花三分鐘來做同樣的事情。」係指人們縱使有再多時間，也會習慣拖延，在最後一刻才完成工作。

是什麼？我們的顧客是誰？顧客在乎的是什麼？我們追求的結果是什麼？我們的計畫是什麼？若用這五個提問來自我檢視寫作任務，就能找到一套適合自己且可以遵循的寫作系統。一如《逆思維》提到：「我們必須要像科學家一樣思考，根據學到的修正自己的觀點。」從過往寫作的經驗，替寫作任務設下 deadline，避免工作無限延伸。一如英國文豪威廉．莎士比亞（William Shakespeare）說的：「平庸的人關心怎樣消耗時間，有才能者竭力利用他的時間。」如何化身為寫作的時間精算師，我們可運用以下五個步驟來進行：

一、專注於寫作這件事

文章寫得好的作家們，到底是如何做到質量俱佳的？除了審視時間規劃與人生目標是否吻合外，「專注力」更是掌握成功寫作的關鍵。在時間壓力下，想避免分心與多工，就需要專注與自律。我們都知道：時間對每個人都是公平的，每個人一天都是二十四小時。人生當然有許多要經營的面向，但如果，你想在創作上表現出色，就要專注在寫作這件事上。否則，坐這山、望那山，不只耗費時間，也容易一事無成。魏晉詩人謝靈運在戰亂頻仍的時代，把寫作和自身生活進行正向連結。他認為良辰、美景、賞心、樂事是人間幸福的來源，因此他專注眼前、把握良辰，縱身於山水與創作，以詩文記錄眼前的自然美景，創造人生的價值。不只安頓亂世裡內心的倉皇，也窺見生活的無窮樂趣。一如〈登池上樓〉的名句：「池塘生春草，園柳變鳴禽。」專注在池塘園池的細微改變，將春草蔓生的景致，以及綠柳枝頭上禽鳥的巧囀鳴唱描繪而出，不僅讓久病且仕途蹇困的他，發現自然的奧美，一派蓊鬱的春意盎然，讓他體現到老子道法自然的人生觀。詩人的內心也從悲苦轉歡樂，在春回的節氣韻律下，他有感地寫下這首流傳千古的名作。謝靈運把時間花在創作，山水詩的藝術手法也影響盛唐的王維。作家嚴歌苓出版過二十多部長篇小說，自詡是位不知疲倦的「寫稿佬」，她每天都替自己加足馬力，不只按照時間表寫作，還把自己榨到寫不出任何一個字，才肯罷休，猶如寫作機器。作家靠著鋼鐵般的意志、軍人般的紀律，不只善用時間、規律寫作，展現出高度自律的寫作習慣，也是她能持續保持驚人的產量、質感的原因。

推理小說家勞倫斯・卜洛克（Lawrence Block）出生於紐約水牛城，被譽為「紐約犯罪風景的行吟詩人」。他在《酒店關門之後》曾說：「作家的求生伎倆，我拒絕照單全收……除了寫作，根本不去思考別的生涯規劃，或者在掙扎成為作家的同時，找點兼差。我一定以為我終究會想出辦法。」勞倫斯・卜洛克清楚地讓我們知道：如果，你想要成為一位創作者，就要義無反顧、心無旁騖地寫下去。一如康德說的：「自律使我們與眾不同，自律令我們活得更高級。也正是自律，使我們獲得更自由的人生。」

二、寫作的 Time Boxing

世界首富之列的馬斯克、比爾蓋茲都被稱為地表最強的時間管理大師，他們兩人善用 Time Boxing 法則★，讓設定的工作快狠準地如期完成。要如何將時間管理大師的 Time Boxing 轉化成可操作的「寫作時間箱」？

簡單來說，我會把可以寫作的時間精準地估算出來，再進行「待寫清單」的刪選，這樣才不會讓寫作「行事曆」過於理想化而無法執行。接著，就可以條列各項寫作任務，依照重要性、急迫性，進行標註排列。然後，把寫作任務依照難易順序拆解成小目標。最後，設定每個任務需要幾顆的時間方糖★？以馬斯克、比爾蓋茲來說，他們都以五分鐘為單位來安排工作任務。我曾記錄過自己專注的時間大約在二十到二十五分鐘之間，因而選用番茄鐘工作法的系統去執行：每工作二十五分鐘，就休息五分鐘。最後，為每個寫作任務設下時間方糖（我的時間方糖是以二十五分鐘為一個單位）就能完成。

★把時間分成不同階段的「時間箱」，為每個工作或行程設定時長，必須在這個「時間箱」所設定的時間內完成，若沒辦法達成，就將無法完成的刪減，但保證較重要的任務優先完成。

★馬斯克管理時間，是用明確的「時間方糖」，以五分鐘為單位來安排行程，一天二十四小時切成了兩百八十八個「時間方糖」。不依順序，而是依重要性隨機調整。五分鐘的時間方糖緊迫感，讓他隨時處於接近 deadline 的情況，保持最高的效率。

若以我的寫作 Time Boxing 為例：

1.估算寫作時間：一週我固定寫作的時間在假日；零碎的寫作時間散布在平日。一週大概會有十到十五小時的寫作時間。

2.刪選待寫清單：在現有時間內，進行清單的排程。待寫清單分為邀約文、推薦文、專欄文、臉書文、創作等五類。每類都有寫作占比與輕重之分（以五顆星進行標註）。例如，每週固定要完成新書三千字的稿子。當週如果沒有共備或研習，還可以排入一篇專欄文。邀約文或工作文要則俟當週時間空檔進行排程的增刪，如果本週時間已經滿溢，就不再加入邀約文、推薦文的寫作任務。

3.列出寫作任務的清單：針對急迫性與重要性進行時間排程：

時間與排序	類型	時間方糖（番茄鐘）（以二十五分鐘為單位）	重要（急迫）性（星等*****）	快樂等級（1-10分標註）
1.每日優先時間	工作文（新聞稿、學生升學推薦文）	兩顆方糖	****	6分
2.每日固定時間	創作	四顆方糖	****	7分
3.假日固定時間	邀約文（推薦文）	三顆時間方糖	***	8分
4.假日固定時間	專欄文	三顆方糖	***	7分
5.上班前、下班後	臉書文	一顆方糖	**	9分

4.寫作的吃青蛙法則★：我一向習慣把最重要且最困難的事，直接放到工作的初始，直接對決。精準算出所需時間，讓自己達到心流狀態。當同事聽到我打鍵盤的聲音越來越快時，他們就知道這次的工作任務已勢如破竹，我已專注地投入其中。因此，工作文通常會在一上班就開始進行，因為只要完成，就能立刻交給長官或是學生，避免拖延而影響他人權利。

5.任務拆解的重要：若我要寫一篇新聞稿，第一個番茄鐘通常是收集資料，統整與歸納訊息。我會設定五分鐘內，讀完所有的資料；十分鐘內完成大綱擬定；五分鐘收集破題與結語金句。休息五分鐘之後，讓自己好好喝水、散步、放空，就是逼迫大腦進入休息狀態。第二個番茄鐘，就是完成工作文的三段書寫：從目標、過程到結語，每一個段落依照時間分配，認真執行。最後，進行完稿、修稿。這期間需請同事協助唸稿、校稿，避免錯別字、語氣不通暢。

當我們把寫作任務微型化、具體化，不只能準確預估同類型的文字創作，未來可能需要的時間，也能根據事實的急迫性，將寫作工作任務調整到合宜的時間區段。當然，在每個寫作任務完成後，我會保留十分鐘到十五分鐘的彈性時間，也就是任務補血期。如果，任務難度過高，這段時間恰好可以進行緩衝；如果任務能如期完成，這段時間恰能給予自己獎勵。我會喝杯咖啡醒醒腦，也會走到窗戶邊瀏覽風景，邊拿起手機拍拍天空、光影等，讓自己抽離工作任務的氛圍。

三、找出寫作的最強時區

一般人會認為，平常要進行閱讀或寫作工作十分困難，日本時間術大師樺澤紫苑在《最強腦科學時間術》中提及一個觀念：「做事要配合腦力能發揮的極限，當大腦在高度集中時，時間價值就會提高。」以腦科學及心理學

★ 知名美國作家馬克·吐溫（Mark Twain）曾說過，假如你每天早上的第一件事就是生吃一隻青蛙，接下來的一天就會過得比較順利，因為你很清楚這可能是一整天之中最糟糕的事情了。所謂「青蛙」，就是你最大、最重要的工作。

的理論找到自己平日讀寫的黃金時區。以我自己為例，早上起床靜心後的半小時，會是自己創作的高質量區。至於下班後到洗澡前，我會有一個固定閱讀的時間，就是把早上列在清單想讀的書籍，翻開來讀一讀，進行畫線或貼標籤。因而，睡前的閱讀時間，以及起床後的寫作時間，成為自己固定的讀寫時區，看似不起眼的三十分鐘，卻是自己不干擾工作效率與節奏的寫作日常。通常，我們都以為寫作必須要花費一個小時以上的大塊時間，其實每日起床到上班前，正是自己的寫作時間強區。短短的三十分鐘時間，我將昨日閱讀過且標註過的資料，重新整理成自己的心得，並快速進行資料庫分類建檔。還有，我也會設定「意外空檔」的讀寫時間，例如，開會前的等人時間，下課或中午學生無法依約前來的時間，就有計畫地安排可適切插入的事項，讓待辦事項的工作，能早點達標，我就能利用下班後的時間，再進行完整時間的讀寫規劃。還有，韓國斜槓作家柳韓彬告訴讀者：平時她是位獸醫，善用時間特性發展自我興趣，不僅能寫作，還能擺脫窮忙的喪屍生活。一如《原子時間》提到：「若想成為時間的守門員，就得先建立時間軸計畫表，找到原子時間溜走的空隙，重啟效率的節奏。」沒錯，善用工作之餘的時間，找到最強的寫作時區，就能讓日子過得多采多姿，也不會荒廢讀寫的任務！

四、善用零碎時間

善用日常看似倏忽即逝的片段時光，其實就是掌握大腦張弛的節奏。大腦的交感神經就是讓我們思考的「加速器」；副交感神經就好像是放我們放空的「煞車板」，遵循大腦工作與休息的規律，就能讓生活張弛有度。因而，在高壓的工作之餘，善用大腦轉場的時刻，反能在看似休息的時間、走路的時刻、等待的空檔，寫下想像力豐富、情感豐沛的文學作品。這樣的時間思維，與東漢時代董遇曾提出的「三餘」法則有異曲同工的精神：「冬者歲之餘，夜者日之餘，陰雨者時之餘也」，一個人懂得利用餘暇，就能管理好自己的時間，並進行寫作。還有，宋代文學之父歐陽脩也是一位時間管理大師，他告訴我們：「有意識」地使用碎片時間，就能化零為整、找到許多可利用的時間。因此，他提供我們「三上」的寫作原則：「余平生所作文章，多在三上，乃馬上、枕上、廁上也。」以現代眼光來解讀：白日雖案牘勞形，但善用零碎時間就能寫下膾炙人口的大作。如，詞作〈蝶戀花〉：「淚眼問花花不語，亂紅飛過秋千去。」一字裡行間透露惜春之情，並藏有時序轉化的悲懷。又如〈秋聲賦〉不只是文學史上三大描寫聲音之絕作，更能從秋色、秋容、秋氣、秋意，刻劃自然之見，人生之所體現，是極為出色的宋代文賦代表。過去，我很討厭他人約會遲到，現在我會把遲到設定為零碎時間的閱讀時間，因此，在等人的時間讀書，做好時間的利用，也就不會覺得浪費時間，甚至，會有「偷出」時間自我充實的快樂。

五、寫作的快樂熱區

美國凱西．霍姆斯教授在作品《更快樂的1小時》提及的觀念：一般人會用記帳的方式有效管理金錢的收支，其實，面對工作與時間管理，我們也可以如法炮製，利用「時間追蹤紀錄表」，來了解自己支出時間的情況。若以一週、每半小時為記錄單位，我會把寫作任務分為閱讀、創作、進修三個範疇，並切分不同的細部工作，從中詳細記錄當時做了什麼事？想法與感受？並精準地用一到十分的數字標誌快樂指數，了解當時內心的不同感受。當我完成寫作時間追蹤表之後，大致能明晰自己時間支出的狀況，哪些事是快樂的，哪些事是討厭的？是否要進行寫作比例的調整、心態的轉變，抑或是利用《原子習慣》提及的「誘惑綑綁」（temptation bundling），把喜歡的事和不喜歡的事綑綁在一起執行，就能減少寫作的痛苦，增加寫作的快樂。同時，也讓自己有機會重新調整或分配寫作的時間。有趣的是，當我詳實地把寫作任務細分之後，意外地發現下班後的寫作時光，竟是一日最快樂的時區。由此可知，寫作對我而言，是一件有趣且有意義的事情。一如正向心理學者塔爾．班夏哈（Tal Ben-Shahar）指出：一個好的人生必須結合享樂（pleasure）與意義（meaning），如果沒有樂趣，生活會變得乏味；但如果只會享樂，人生就會變得空虛。因而，寫作者除了要掌握時間，精準完成任務外，也要從中找到寫作的快樂與意義。

如果，我們可以像一流企業家那樣思考，面對越來越具挑戰的寫作任務，則能使用企業常用的「休哈特循環」法則，也就是PLAN（計畫）、DO（執行）、CHECK（檢視）、ACTION（改善）四個步驟。找到寫作任務的核心，擬訂寫作計畫目標，運用時間與策略把計畫做對、做好。最後，就能像企業家一樣精準地，透過作品的質與量，進行科學的檢視與評估，進而節省寫作時間且提高寫作的效能。一如汽車鉅子亨利．福特說過：「企業必須獲利，否則就會倒閉。但純粹只為獲利而營運的企業……也必然消亡，因為它失去了存在的理由。」這段話提醒我們做好時間精算，就能找到實質寫作獲利與內在快樂相互依存的關係，擁有魚（時間）與熊掌（寫作）兼得的雙贏人生。

誘發讀者閱讀專注力

——成功寫作者獨有的六項特徵

在「輕閱讀」時代，如何誘發讀者閱讀的專注力？這是所有寫作者不斷探問自己的，猶如一場靈魂拷問。試想：每位讀者打開一本書的經驗就像一場心靈的旅行，寫作者可以認真思考，如何讓讀者能一鼓作氣地想往下讀下去，進入閱讀的「心流」？善於引領讀者順勢走入書寫情緒與脈絡的寫作者，就像個稱職的嚮導，讓忐忑的觀光客，從陌生到熟悉，行旅之處，不只能欣賞到獨特的景觀、懾心的美食、豐富的文化，當他越走越遠，越能專注地深入其中，甚至潛移默化地產生內在認同，找到非來不可、情有獨鍾的情緒。

到底寫作者要如何書寫，才能讓讀者像旅遊的觀光客，在完成這趟旅程後，將長駐腦海的心怡畫面，形成難以磨滅的生命記憶？

「讀你千遍」也不厭倦

如同獨特的景觀，即便舊地重遊也不厭倦。在寫作上，也有讓讀者一讀再讀仍新鮮有味的題材，一如義大利作家伊塔羅．卡爾維諾在《為什麼讀經典》說的：「一部經典作品是一本從不會耗盡它要向讀者說的一切東西的書。」一位善寫的作者，就像生命的優質情人，他不會只和你談短暫、倏忽即逝的感情，他與你的關係會是雋永恆久的，他尊重你的想法、展現溝通的誠意，在與你互動時，他不但提供溫暖的關心，更是一個不斷在成長學習的陪伴者。

若是把這樣的標準類比到寫作者，一位成熟的寫作者不僅能讓作品橫跨時空，和讀者間相互理解，它也歷久不衰，無論任何時間翻讀它，都會有嶄新的體會與觸發。例如，珍．奧斯汀（Jane Austen）的文字藝術，沒有刻意描繪的華麗場景，呈現自然主義慣有的風格，包含作品裡的情境用語多以當時通俗劇詞彙為基底，不只真實傳遞庶民生活中的酸甜日常，也拉近與讀者的閱讀距離。當你不刻意設定自己的文學高度，反以作品是否能真正拽住讀者的觀感神經，越貼近讀者能感知的生活經驗，就讓讀者越讀越入戲，不自覺地走入寫作者營造的場景、氛圍、情緒。有人讚譽珍．奧斯汀是女性主義的吹哨者，若從《傲慢與偏見》來看，的確是如此，十八世紀的婚戀關係，還是存有牢不可破的門第之見，她刻意選定英國鄉紳主題，冷靜地以人性觀察家的視角，透過男女主角幾處機鋒挑激的對話，讓我們思考男女之間面對溝通問題，必然會歷經衝突、認錯、反省、和解的階段，同時也給出愛情關係獨到的建議：「既然是要攜手共度一生，缺點當然是知道的越少越好。」人與人之間的相處之方，是彼此的尊重，是不斷替彼此撕下「偏見標籤」的善意，包含曾存有的知識與經濟的偏見。伊莉莎白．貝內特與達西先生遇見的楔子，並非一般天雷勾動地火的一見如故，反是一觸即發的火爆爭執場面。一如女主角自以為恃的聰明慧黠，反成判斷事實的心高氣傲，陷入理解對方的盲點。一個人的優勢常常也是她的劣勢，小說中刻意安排常「從中作梗」的親友出場，以及因誤解而引發的衝突，教會讀者進一步思考：在談一場好戀愛之前，我們也得懂得以智慧面對生命的衝撞與無常，每次的挫敗都是形塑成熟獨立的完整「我」，才華洋溢的女主角褪下傲慢與偏見的外衣，成為每個讀者心目中的完美女性。珍．奧斯汀成功以伊莉莎白．貝內特，造就一位勇於奔赴理想的時代新女性形象——她不只是作家珍．奧斯汀自身價值的投射，也成功地讓讀者欲罷不能地跟著女主角找到真實愛情的全貌。

「讀出機杼」的異想世界

一場旅行結束後，會不時讓你魂牽夢縈的通常是——無法被取代或遺忘的重要時光。雖然無法常常飛往當地，但你的身體會記住行旅帶來幸福的高光時刻。這種無法被取代或遺忘的重要時光，就如同一位作家構思獨特新穎、與眾不同的寫作風格。讀者在閱讀的過程中感受到作者豐沛蓬勃的創造力，久久無法遺忘在心底猛然留下的震撼。

一如日本作家東野圭吾，他的作品多元，無論是校園懸疑還是寫實推理，在在演繹百變小說家的創作活力。尤其他著重刻劃生活集體感受與情感細節，讓讀者輕易地走向他營造的異想世界。同時，他常把重要的社會事件融入作品，就像巧手廚師會善用在地食材，在靜默的閱讀之中，形成自己欲留給讀者的寫作感悟，這也就是作家內在價值的引導。因而，當你擺渡在理性與感性之間的《解憂雜貨店》時，作者以回信的溫度，讓跌墜的靈魂感受到被真心捧起的幸運，期待受困者能擁有幸福的初心，溫燦無數讀者受傷的心扉。而東野圭吾的《迷宮裡的魔術師》以懸疑做為小說的主線，凸顯不可捉摸的、虛無縹緲的暗黑氛圍，並以猶豫「是否返鄉參加高中同學會」的神尾真世，收到父親英一遭人殺害的噩耗做為懸念，啟動讀者閱讀的好奇心……你試想：當你和男主一樣，陷入如迷霧般權力與慾望交織的人生迷宮，你該如何脫困？抑或是甘願沉淪？小說家期待我們有所悟透的是：能夠從泥淖中脫身而起的人生真義是什麼？東野迷獨愛小說家的，不只是情節梳理分明、劇情鋪陳縝密細膩，處處設有再思考的伏筆而已。東野圭吾的每部小說都具備探究實作的精神，從《浪花少年偵探團》到《白夜行》，他不怕銷售壓力，強勢地帶著讀者在推理與物理混搭風格裡一起闖蕩。「神作」《嫌疑犯X的獻身》是他熬過時間與市場的壓力，讓自己登上暢銷作家最高殿堂的作品。但，東野圭吾怎會甘於複製寫作的成功方程式，他選擇持續帶著科學家的創作濾鏡，讓湯川學的形象轉型，從激情鬥智、揭謀解謎的天才，轉型到願意優雅老去、溫柔看待世事的科學家。更重要的是，他讓讀者見證自己寫作的躍進，讓我們記住作品未完的弦外之音，有機會透過他「讀有」的異想世界邁向心智的巔峰。

從與時俱進到「唯我讀尊」

每個地景歷經時代的遞嬗，它必然融合傳統與現代的風華，因此，一位寫作者若能跟緊時代脈絡，不只作品能追尋時代腳步、與時俱進，也能找到唯我「讀」尊的寫作位置。就像劉勰在《文心雕龍》中提過：「文變染乎世情，興廢系乎時序。」寫作者的風格猶如一個人的靈魂，呈現作家脾性、氣質，但風格抑或是體例的變化，仍受到時代文化精神、社會風氣、審美觀的薰染，作品的興衰必然和時代有關。因此，一位好的寫作者，他會讓讀者染上「讀癮」的條件，必然是跟緊時代脈動，同時無縫接軌地呈現自身的寫作價值。

在過往推廣閱讀的經驗裡，推理驚悚小說是大部分讀者十分買單的題材，但是要成為當代首屈一指的王牌作家，必須是此類書寫的翹楚。當大家一窩蜂地都投入驚悚推理寫作市場，你想要占據唯我「讀」尊的位置，也絕非易事。一如推理小說界天王詹姆斯．派特森（James Patterson），他先從廣告世界出走，掌握對閱讀市場靈敏精準的讀者心態，再利用推理、驚悚的創作元素，營造作品的懸疑感、節奏感，也深諳此類讀者喜歡輕鬆易讀的娛樂性。同時，他善用好萊塢電影的賣座公式，塑造出宛如超級英雄的人物，提升作品的吸睛效果。同時，他的「超級英雄」穿梭在冷酷腥羶的故事中，表現得既討喜又可親，但最可貴的是，儘管他筆下的世界不斷出現權力、性、金錢、殺戮等黑暗情節，卻始終藏著一絲絲如陽光般溫暖的人道關懷。我最欽佩的是，詹姆斯．派特森堅持自己敏銳的寫作直覺，絕不妥協，一如每個地域都有它被記住的文化地標。他的第一部作品《托馬斯．貝瑞曼號碼》（*The*

Thomas Berryman Number）曾被無數出版社退稿，退到自己都萬念俱灰時，他還是堅持走自己書寫的路，相信推理驚悚小說存有抽絲剝繭、找尋真相的快樂，透過不落俗套的情節安排、強大的作品辨識度，讓他不斷創造銷售的天花板，同時，還被美國《時代周刊》譽為是「從不失手的人」。最讓人津津樂道的是，他的小說作品常被改編為電影、電視影集，影響力不只彰顯其文學價值，也創造和不同讀者多重的連結線。當你越貼近當代社會的閱聽價值，就能為自己的作品創造更多的閱讀機會。

「讀運匠心」的寫作技巧

我們常在旅遊廣告中，看到這樣的廣告詞：此生必去七大全球奇景，美到讓你窒息的動人美景！那麼，每個寫作者也可以在寫作之初，設想自己要運用哪些技巧，才能讓作品變成讀者心目的「必讀書」。這樣「讀運匠心」的思維，就能形成作品獨特的藝術格調。

試想：你為何會流連於某人的詩作，甚至聚精會神地把他的作品讀完？寫作技巧的巧妙運用，也必須是寫作者精心鍛鍊的。我認為：一位好作者必然善於舉譬，那是才華展露的表徵，也是讓讀者讀下去的基本訓練。如果你能把抽象的、難以理解的，透過類比的手法，讓讀者產生心領神會的共鳴感，你的類比力就已緊緊抓住讀者的閱讀注意力。例如，《詩經．碩人》提到：「手如柔荑，膚如凝脂，領如蝤蠐，齒如瓠犀，螓首蛾眉，巧笑倩兮，美目盼兮。」讀者會發現：要形容一位妙絕千古的美人，如果僅用沉魚落雁、閉月羞花這類的形容詞，讀者除了印象不深刻外，也不容易專注在你寫作的藝術技巧。我們從這篇詩作來品讀，手如柔荑，善用具體類比，讓讀者營造想像的視覺世界。荑原是指初生的茅草嫩芽，取其白皙的顏色來連結雙手的色澤，接著再點出柔美的姿態，簡單四個字就能呈現女子將雙手伸出的美嫩情狀。之後，再以膚如凝脂、領如蝤蠐、齒如瓠犀、螓首蛾眉，運用排比句型的整齊性、反覆性，加深讀者印象，並從工筆細描的技巧，鉅細靡遺地描繪貌美女子必備的外在條件，從手指、皮膚、脖頸、牙齒、頭髮、眉毛，無一不美。最後，再用動態的巧笑倩兮、美目盼兮，替讀者勾勒一幅形象完整的美人圖。同時，若要製造自己與讀者的共感，就得善用借景抒情的手法，利用日夜星辰，日常景色，營造情緒的烘托感，讓讀者情感透過巧妙的連結，浸潤其中，因文字的觸動召喚出自身的記憶或情感。例如，李清照〈添字採桑子〉：「窗前誰種芭蕉樹？陰滿中庭，陰滿中庭，葉葉心心，舒捲有餘情。傷心枕上三更雨，點滴霖霪，點滴霖霪，愁損北人，不慣起來聽！」詞作開頭的景物與內心的惆悵相映成趣，作品寫於李清照南渡後，雨落芭蕉，滴打之聲引發詞人國破家亡後的內心愁緒。以芭蕉展心烘托內心難言的抑鬱之情，透過設問，聚焦在芭蕉葉心長捲的特色描寫，語新意雋，寄情於物，葉葉與心心，由景連結到綿綿不盡的愁思。作家擅長掌握芭蕉特徵，用字輕靈秀雅，讓讀者能輕鬆走進作者內在的含蓄悲懷、傷痛的內斂情思。因而，「讀運匠心」的寫作技巧更能精準攫住讀者目光。

「讀善其身」的寫作辨識度

每位寫作者其實都應該為自己的文字，找到「讀善其身」的寫作辨識度，就像日本歌手川谷繪音聽過中島美雪的歌之後，竟然如是說：「我一度變得無法聽其他歌手的歌」，好像唯有她能撐起這首歌。在創作上也是一樣，「唯有這位作家能寫這個題材」，這是最強的書寫辨識度，是讀者給予最高的認同，更是自己的寫作品牌，讓讀者願意不斷支持下去的理由。

如果你喜歡李白個性瀟灑浪漫，自然就愛上他灑脫奔放、豪放不羈的作品；你欣賞杜甫憂國憂民的性格，不自覺沉浸在其社會寫實、人道關懷的詩作裡；你同情李後主優柔善良，就容易動容於亡國君之傷痛，走進瀰漫憂思悲憤之情的南唐詞。每位創作者始終都是在演繹一個完整的生命，無論你的性格獨特鮮明、抑或是溫暖有情，只要掌握自身的特質，便可形成屬於自身的文學風格，找到與讀者共感的情思連結。若能自然發揮自身敘事語境，就能讓讀者一頁頁讀下去。例如，〈鄭風．褰裳〉寫到：「子惠思我，褰裳涉溱。

子不我思，豈無他人？狂童之狂也且！子惠思我，褰裳涉洧。子不我思，豈無他士？狂童之狂也且！」這篇作品中的女主角，應是從現代穿越到古代的特奇女子吧！她一掃等愛、祈愛的被動女性形象，展現一種愛我所擇、擇我所愛、主動出擊的積極與可愛。面對溱洧對岸的愛慕者，等待讓她難免焦慮與煩躁，因而她主動說出：「子惠思我，褰裳涉溱。」這種大膽的告白，真的充滿女性追愛的自主意識與獨特魅力。甚至，不卑不亢地要對方給個爽快答案，自己絕對不是死纏爛打的恐怖情人，並以戲謔口吻調侃所愛之人，說他是犯傻了嗎？為何緘默不語、按兵不動。甚至，以戰逼進，想要在這份愛情的戰場上，速戰速決，女主有點狡黠的心思，卻呈現《詩經》民間詩歌率真的特質。如此前衛的女性愛情觀，讓讀者跨越時空的藩籬，古代的打情罵俏、因愛互嗆，既熱情又奔放，不只體現愛的自由選擇，也感受到不經意的鬥嘴，是情人間戒不掉的互動情趣。《詩經》看起來雖然年代久遠，詩句卻像是鐫刻時代、人我相互觸動的符碼，它虔敬記錄真實的人生，直指讀者相同經歷，甚至進行某種內在療癒與對談，這也奠定《詩經》在文學史上的無法取代、非讀不可的崇高地位。

「讀霸一方」的讀者認同

雖說，寫作者真的不能落入暢銷書套路的迷思，但是作品推出就像舉辦盛大的活動，若能聚集越多的人潮，不只是代表活動熱鬧，當人數KPI不斷突破時，更是給予主辦者莫大的肯定。因而，一本書若能獨占市場銷售榜，對寫作來說，當然是一種鼓勵。同時，暢銷書不僅要符合市場讀者的閱讀品味，寫作者也要有企圖心，帶領讀者去實踐他設定的書寫信念。讀者若能成為作品的代言人，作品的話題性、共感度，則會透過讀者的再創分享，進而把作品影響力擴及到潛在讀者，作品的集體討論度越高，越能促使陌生讀者因好奇而產生閱讀的動機。

以《被討厭的勇氣》、《原子習慣》這兩本長銷書籍來思考：兩位作者都具備讀者顛覆過往思維的科學家形象，同時，讀者都能透過書中提供的策略，務實地實踐，輕鬆奔赴更美好的未來。兩本書都不流於理論說教，反倒是誠懇地提供讀者確切可行的方法，符合一般人輕鬆「達標」的原則。《被討厭的勇氣》連結我們都曾有過「被討厭、被排擠」的經驗，但要如何做才能讓心理的恐懼與壓力減輕呢？過去，被討厭好像是很難與人分享、言說的情緒，作者阿德勒卻以「所謂的自由，就是被別人討厭……有人討厭你，正是你行使自由、依照自己的生活方針過日子的標記。」作者不是和你談曲高和寡的「陽春白雪」，他告訴你：「被討厭」其實是來自於人類應具有的獨特性。透過作者娓娓道來的澄清，人生的疑惑與追尋真理的方法原來很簡單，阿德勒擅長將心的罅縫填滿愛的溫光，那些傷痛的、流淚的，最後都變成勇氣，化為能珍藏的美麗記憶。至於詹姆斯．克利爾（James Clear）在《原子習慣》進一步提出科學化、系統化的「行為改變四法則」，要讀者相信：每天只改變零點零一，一年後你會看到三十七倍的人生複利成長。像「原子」一般微小的改變，透過無痛無感地持續累積，就能「利滚利」看到自己的成長與躍遷。詹姆斯．克利爾顛覆習慣需要超凡意志力或自制力的說法，讓無數讀者起而效法。這兩本暢銷書的寫作概念簡單，就是把原本抽象困難的理論，利用個人清晰的邏輯力，讓讀者讀完後清楚易懂，容易落實於日常實踐。

最重要的是，作家也不會只站在自己的立場書寫，面對需要操作的微小細節，作出簡單完整的步驟拆解，不吝把自己實踐的技巧與心法記錄於作品中。而且，這兩本書的議題設定都是每個讀者需要的，無論年紀大小、族群、性別，百搭的內容，要如何鏈結到各個領域，都是十分可行的。因此，人人都可以輕鬆閱讀它，人人也需要閱讀它，兩位作家成功運用「讀霸一方」的讀者認同度，帶著讀者抵達並不遙遠又美好的彼岸。

在注意力稀缺的時代，因為文字的支持，讀者能在眾聲喧嘩的世界，擁有片刻閱讀的清明與寧靜時光。一位好作家又該如何讓自己的作品受到青睞？甚至可以持續不斷地閱讀下去？我想，創作者們要更用心地改變讀者的慣性思維，不斷挑戰自我，以順勢溝通的書寫方式，讓讀者看到嶄新的風景，無論是製造文本的神秘懸疑感，抑或是尋找文字共感的療癒性，皆以讀者為念，讓讀者感覺到自己在閱讀歷程中，有被肯定、被關心的互動感。我想：只要掌握這些重要指標，你已是極具個人書寫魅力與特色的寫作者了。

Part 3

用寫作，突破生命的瓶頸

用逆思維突破寫作重圍

二〇二三年一月底，台灣《灌籃高手》電影版的票房突破三億台幣，日本票房突破百億日圓。《灌籃高手》到底有什麼魔力，可以吸引不同世代、性別、族群的關注？當年《灌籃高手》連載時，井上雄彥才二十三歲，成為暢銷漫畫家之後，毅然決然地在作品聲勢的最高點，以櫻花綻放的姿態，為作品劃下完美的句點。不眷戀眼前的掌聲，也為《灌籃高手》創造一個他人難以超越的動漫作品天花板。

二十六年後，井上雄彥再以《灌籃高手 The First Slam Dunk》電影版，掀起《灌籃高手》的觀賞風潮，燃起無數熱血青春的心中之火。套句安西教練的名言：「在這裡放棄，比賽就結束了。」這是井上雄彥的創作思維，也不斷用這句話提醒讀者：正門進不去，就找側門，只要不放棄，比賽的結局都可以超乎預期。就是這樣的創作逆思維，讓每次觀賞井上雄彥的作品，都有說不出的驚喜。原來翻轉危局的解答不在前方，是在我們每一個想不到的視角裡。《灌籃高手 The First Slam Dunk》這部電影，顛覆過往以櫻木為主角的濾鏡，反以宮城良田為創作的主要視角，不僅成功串接漫畫與完整電影的敘事軸線，更讓書迷與影迷讀者在這場最終決賽裡，感受到：無論成敗，只要戰勝恐懼，人生就能繼續向前走，不放棄，就能看到奇蹟。

對一位優質的寫作者而言，井上雄彥的創作歷程，足以讓我們在寫作的高、低潮找到可以學習的典範。過去，課堂最難理解的就屬「貶謫文學」了。中學生正處於歲月無憂、現世安穩的美好時刻，偶爾悲秋傷春一下、為賦新詞強說愁一番，都算生命起了大波瀾。貶謫文學文窮而後工的思想廣度、文字高度，實在很難和青少年的日常作連結。因而，開始有人質疑：這些聖哲是不是離現實的世界太遙遠，導致這些超凡思維實在太不食人間煙火了。遇到困難誰不罵個幾句？誰不躺平耍廢幾天？如果，你這樣思考問題，就陷入亞當·格蘭特（Adam Grant）★說的：「人類習慣用舒適且慣性的方式思考，當我們認為是正確的經驗或事實，我們很少再做確認，甚至『重新思考』。」的確，當我們再次思考時，發現自己面對這些作品的切入視角可能「大錯特錯」了。過去，他們都是科考的佼佼者，眾星拱月的政治新秀。人生勝利組面對困境並沒有陷入思維的框架與成功者的傲慢，他們像科學家一樣帶著懷疑、好奇、謙遜的模式去重新思考人生問題：歷經死劫的蘇東坡，他在〈赤壁賦〉體會「變與不變」的人生哲理、超脫得失的侷限，因而寫下：「蓋將自其變者而觀之，則天地曾不能以一瞬；自其不變者而觀之，則物與我皆無盡也，而又何羨乎！」苦難來臨時，從抗拒到開放，就是逆思維的訓練。蘇東坡之所以能順利將心境轉換，走出悲苦愁緒的陰霾，靠的正是「再想一次」的思維，當你站到不同的立場，就能突破認知的盲點，重回到豁達自適的生活。還有，被宋仁宗秒退菁英群，因莫須有的誹聞讒言被貶至滁州當太守的歐陽脩，不困在個人寵辱，掙脫成見的枷鎖，願以太守之樂、與民同樂的父母官心態，照顧好人民，並樂在其中，果然順利化解內心被誤解的悽惶憤慨。

至於「先天下之憂、後天下之樂」的范仲淹，更是把貶謫當成人生的修練，提出：「不以物喜，不以己悲，居廟堂之高，則憂其民；處江湖之遠，則憂其君。」對一個一個讀書人而言，沒有比扛起「仁人」這個招牌更令人驕傲的了，貶到哪裡，哥就把仁義的種籽散播到哪裡，果真做到念及蒼生「仁者無憂」的境界。

寫作者也是凡人之軀，當然會遇到暗黑的困境，建構的真善美聖人生崩垮時，若是一味像「宗教家」一樣催眠自己，可能會陷入更紛雜的情緒牢籠中；要是選擇抱持「政客」思維，四處尋找同溫層支持，不願意面對事實的風雨，更無法找出逃離困境的策略。很多人在此時，也會選擇像個「檢察官」一樣去檢視、究責他人，但無論怎麼做，對翻轉現況都於事無補。

蘇東坡、歐陽脩、范仲淹的作品共同點，就是面對困境時，選擇以「科學家」心態來思考。科學家不會固守成見、預設立場，能夠透過「重新思考」

★ 華頓商學院最年輕的終身聘教授，入選美國《商業週刊》最受歡迎的教授，《逆思維》為其代表作。

來實驗人生的不同走法：士大夫不一定要兼善天下，一樣可以當俯仰無愧的讀書人。陶淵明、蘇東坡透過耕讀、歸隱等獨善其身的形式，進行士大夫人生的另一種假設，讓閒適豁達的思維，為自己飄搖的人生，找到無風無雨、吟嘯徐行的「出路」。因而，這群被歸類為貶謫文學的作家們，啟動科學家的驗證模式，拒絕讓過去的舊思維變成知識的詛咒，積極尋找出人生的新航線，並把解決的歷程寫成經典文字，提供更多相同處境的人，可以尋得問題的解決之道，也提醒我們：人生的抉擇不限於一種想像裡。蘇轍曾在〈黃州快哉亭記〉中提到：「士生於世，使其中不自得，將何往而非病？使其中坦然，不以物傷性，將何適而非快？」挫折與困頓是每個人都想避開的境遇，但正是面對貶謫的無常，才能造就文學家高情商的能力，進而找尋轉念、轉運的可能性。貶謫文學和《逆思維》說的觀念不謀而合：困境逼使科學家重新思考，他們會透過質疑、實驗和驗證，找出改變之後更理性的選擇，因而，困境恰好成為他們質疑、驗證、躍遷的人生助力。

「逆思維」是每個寫作者必然要培養的能力，透過「重新思考」可以提供書寫者，找到作品最好的成果，並以文字流傳讓更多人受惠。例如，日本作家麻理惠二〇二三年最新作品《學會整理，就會喜歡自己》中誠實地提到：身為整理專家，有時也會給自己施加壓力，期望房子「應該」永遠井井有條。然而，麻理惠提醒自己不要追求完美，有時候要學會先停下來。如果，你發現自己的時間或情感空間已掏空，我們必須要先放開一些東西。由此可知，麻理惠的思維代表的是一種寫作者的「謙遜」，她看到過去井然有序的空間，現在變成玩具散落一地的雜亂，但身為三寶媽的她累到無法立刻整理。這個現象，讓她重新思考，過去所謂的「整理」是為了怦然心動地過日子，並且擁有怦然心動的人生。現在，她帶著「懷疑」的心情去質疑自己：「怦然心動」的底線是什麼？這讓她帶著「好奇心」，去重新想像整理與書寫的意義。

這本新書正是作家重新思考後的作品，她說：如果目前的狀態是讓孩子有個健康快樂的環境，而且我也是疲倦的狀態，就勇敢告訴自己：「妳就別收拾了，直接去睡覺也沒關係。但是，如果亂七八糟的居家環境持續太久，並讓自己開始感到難受，我也會提醒自己：要重新安排時間，把東西整理好，才能怦然心動地過每一天，擁有怦然心動的人生。」作者的另類選擇也提醒我們：在做任何選擇時，我們掙脫熟悉的環境以及先前思考的束縛。重新思考讓我們更新現況、知識、看法，一如麻理惠的整理目標，是為了怦然心動的人生。同時，她像極了科學家，整理時，都把同類物品集中，用同一個取捨標準來判斷。但特別的是，她選擇物品留下或丟掉的標準不是物品的價值，而是「當我碰觸它時，是否會怦然心動？」

寫作者最重要的，是以科學家的思考，用開放的心態，不斷學習且尋找「更好」的書寫「典範」。倘若，寫作是有「典範」的，我們就要預設「標準」，然後理性地透過試驗，取得有效的數據（實質成果），再驗證典範的標準是否能有效地變成寫作策略。張大春《文章自在》曾提到：「寫作就是自主思想的訓練，文字創作是一種表達的熱情，本質是真誠與真實的。」因而，他以七九篇散文演繹文章之道，讓讀者有機會透過循序漸進地自我訓練，培養出能帶著走的寫作力。寫作者當然也可以從這些作家提出的標準，透過實際的親身實驗去得到自身寫作的訣竅。例如，創作者須從天地四時、人情人事中去觀察去體察，這項寫作標準，除了張大春說過，莫言、三島由紀夫等人也特別強調過。寫作者就能把「觀察力」列為寫作指標，特別強化觀察與聯想力的訓練，再檢視自己的寫作力是否因而有所提升。

如同張大春說的：「寫作能力就像口袋的資金，當你的基本功夫做足，猶如資金雄厚的遊客，閒逛市集時自然就有充裕的金錢可採購。」沒錯，當你把寫作的各項指標練齊，如素材的收集、技巧的鍛鍊、創意的激發，平日若能扎實地訓練，當然不會遇到「阮囊羞澀」的困窘，任何體裁都能輕鬆駕馭，輕鬆寫出絕佳的作品來。同時，張大春進一步提及：把寫作當成思考遊戲，讓自己鍛鍊出一種不斷聯想、記憶、對照、質疑、求解的思考習慣。對於這樣新穎的寫作說法，我們也可以嘗試去驗證，久而久之，適合自己的寫作硬實力也能練就出來。同時，《逆思維》提到：「讓問題帶領我們前進」，明白自己在寫作中，到底「欠缺什麼，不知道什麼」是至關重要的事，這個「不知道」能促發我們在寫作的歷程中，持續努力去找到「知道」，進而突破寫作瓶頸。我們要學習每位典範作家的寫作優點，卻也要質疑在寫作的標準裡，是否有不完善或是需要再改進的地方，猶如學無止境，典範的追求，就是讓自己帶著好奇與懷疑，不斷自我挑戰的寫作歷程。

對一位寫作者而言，最害怕的，是被過去成功書寫的經驗困住了，當我們陷入《逆思維》說的「過度自信的循環」時，我們的成功經驗反而把我們鎖在自己打造的寫作牢籠裡。此時必須督促自己，甚至懷疑自己的寫作習慣，才能跳出已經是成果豐碩的舒適寫作區，同時叩問自己：「我可能是錯的」，認清自己正處於停滯不前的階段，我們的寫作思維和能力才能大大地超越過往。

二〇一五年諾貝爾文學獎得主亞歷塞維奇（Svetlana Alex-androvna Alexievich），她是記者出身，過往的寫作能力訓練都是強調時效性、顯著性、影響性、衝突性，並善用「新聞標題」幫助閱聽人快速清楚訊息重點。但，亞歷塞維奇卻選擇用文學手法寫作，甚至不對報導人和時空背景進行任何具體的描述。她的寫作顛覆過往的專業寫作訓練，因而，她建立的寫作思維是不斷懷疑與挑戰自己，打破成規、大膽反思的。之所以會選擇這種寫作方式，是出自她的創作理念，她不只想透過寫作，留下真實的人來講他們年代最重要的事件，更期待透過自己的文字，讓每個小人物真實的經歷也一併留在國家和集體的歷史扉頁裡。被忽略的、可能被隱蔽的，所謂的人類靈魂的歷史、認真活著的激情與感動，都是亞歷塞維奇自認的寫作任務，她說：「真相是零碎的，它又多又雜。因此我收集日常的感覺、思緒和話語，收集我的時代的生命——那些『大歷史』總是忽略或傲慢對待的日常生命。」就是這樣精準的寫作思考，讓她成為首位以記者身分獲得諾貝爾文學獎的作家。她跳脫新聞寫作力求簡潔精要，用字要避免冷僻艱深的思維，她所創造的寫作體例，被稱為「人聲拼貼」。她盡其所能呈現每個獨立個體的真正聲音，一如《天下雜誌》專訪下的評論：「她的作品交織出一首多聲道的壯麗樂曲，喚起時代中微小卻切實的記憶和人性。」原來，世界的各種聲音，包含來自內在心靈的聲音，都是寫作者生命深度的人我對話。她寫作的初衷，來自於把話語權交給所有人，讓他們為自己的事實發聲。我特別喜歡她說的：「人的生命並不是由什麼大事物所組成的，而是積沙成塔。我不是收集『資料』，而是收集『哲思』，就是用全新的視角，去看待平常無奇的事物……」

亞當．格蘭特曾說：自己在創作時候，最喜歡召集「異議網絡」。一群考慮周全的批評者，給予最嚴厲抨擊文章的內容，這代表寫作不只是在尋求認同者而已，更重要的是，為了提升自己的作品質量，我們必須把那些不同的意見，當作最嚴厲的愛。這讓我想起春秋戰國時代，社會因戰局動盪，思想家為求安身立命之道，紛紛提出不同見解的人生哲學觀。其中，最受關注的儒家主張以仁為道德規範，道家則是主張無為回歸自然。兩者看似對立的思想，卻藏有異中有同的生命價值。兩派都提倡人性本善，儒家強調禮樂要順心而訂，不能違反本性。道家表面看似反對禮樂，卻不反對禮樂帶來的安靜與平和，老莊批判的是當時日益僵化繁複的禮樂制度。老莊雖著重向內尋本心，強調逍遙自由。但，老子卻沒有反對道德的日常實踐，而莊子也對顏回「一簞食，一瓢飲，在陋巷，人不堪其憂，回也不改其樂」的德行表示認同。因而，莊子曾在作品中多次提及顏回，他認為：顏回當然是德性純良的人，但受儒學教條的捆綁，反讓他被現實的框架逼得左右為難。當我們過於執著一個規矩、一個共識，就無法以「善」相待每個生命的際遇，面對生與死、榮與辱、得與失，最好的方式是與之自在相處。活在被約束的世界，我們不抵抗約束，但要使其內化，最後，我們不被它束縛，現實的約束也就消失了。當你決定揚棄儒家的禮樂包袱，找到內心的穩定與安寧，禮樂也不再影響你的情緒了。在我看來，莊子是極為出色的辯論者，一如《逆思維》提到：「在兩具相同的螺旋槳朝不同方向旋轉之際，我們的思考就不會困在地面上，而是讓它起飛。」他明白：儒家是當時的顯學，其觀點必然帶給世人重大的影響力，但，在一個動盪、變革的時期，禮樂的崩壞，人要恢復的是制度，還是要回到本心去內求平衡。莊子願意站在理性面去論戰，不畏在爭奇鬥豔、百家爭鳴的時代，捍衛道法自然的思想，看似消極處世的思維，實是積極安頓身心的進步思潮。

一九九一年獲得諾貝爾文學獎的南非白人作家納丁．戈迪默（Nadine Gordimer）。她的作品《七月的人民》見證自己一生為追求批判精神的寫作信念。她運用手中的思辨之筆，以文字對抗南非的種族隔離政策，並為抗爭者出庭作證，以免他們被指控叛國之罪。她的作品取材敏感而真實，觸及南非複雜的社會議題，以悲憫的筆觸為壓迫者發聲，寫出如史詩般宏偉壯麗的作品，被稱為南非社會的一面鏡子，如同南非的良心，她的創作初衷是「替時代留下真實的聲音」。同時，她也在人權鬥士曼德拉繼任總統後，不斷帶著懷疑的態度，扮演反對的聲音，全盤檢視過去戰友的政策，並誠懇地提出真心的諍言。一生捍衛人權與追求公義的戈迪默說過：「作家不能讓自己成為宣傳家。每個作品絕不為任何宣傳所用，作家要有作家的位置與價值的堅持，這也是每位書寫者該保有的寫作底線。」因而，她提醒我們：創作者必須帶著懷疑的精神去面對自己的每個論點與內容。

記得二〇二〇年韓國神劇《金牌救援：Stove League》，以冷門的運動職人為題材，卻跌破眾人眼鏡，最後用高收視率證明，不論什麼題材，只要有精采的劇情，就能成功收服觀眾的心。編劇的成功，靠的不是爾虞我詐的爭鬥軸線，或是撒糖的愛情劇情，單純從專業體育經理人帶領萬年墊底的職業棒球隊「Dreams 隊」，重獲團隊自信，找到志業熱情的歷程，以及在困境之中，大家如何解決問題、蛻變新生的故事。過往，我們都認為職人劇很難讓觀眾著迷到熱血沸騰，畢竟職場類型千百種，要讓觀眾買單實屬不易。編劇憑藉逆思維的創作本質，寫下這齣戲的經典台詞：「即使明天就會消失的地方，也要種下蘋果樹。」或許，你不懂棒球運動，但是你知道商業管理談的是理性、績效、利益。這位專業運動經理人，表面和你談的是金錢、交換、商業利益，骨子裡談的是冰山以下的職人精神。這樣翻轉思維的編劇思維，反倒讓我們明白：一個優質團隊不只是本身戰力的強大而已，更最重要的是，你為每個人找到永續經營的成長模式。或許，職場有人會離開，有人會留下來，但是夢想的種籽栽下了，無論你在何處，職人的熱情就在你的生命中滋長茁壯，讓信念相同的彼此有努力前進的力量。同時，編劇刻意讓一位看似安靜柔弱的女主角，在男性強權的職場，願意大膽說出：「越線的人是你！」並在關鍵時刻展現女力典範：為了保護自己想守護的人，可以有勇無懼，一人當關，萬夫莫敵！這也很符合《逆思維》提到的：如何贏得辯論，並影響他們的價值。每個人都是從沒有辦法中想辦法，從沒有資源中找資源，就像我們常說的：「沒有傘的孩子跑得快。」

有時候，一場輸局，反而讓我們的人生彷若新生，當我們輸掉比賽，卻贏得重新開始的籌碼，如何優雅地從失敗的絕境走出來。有時候，寫不下去的痛苦，找不到適合題材、進化書寫技巧之際，若能帶著科學家的思維，從假設、驗證、反思的迴路再次思考，或許，我們就能找到書寫的能量，進而突破重圍，創造寫作的新局。

文字心理師
——寫作者的自療之方

加拿大創作歌手李歐納・柯恩（Leonard Cohen）曾說：「萬物皆有裂縫／那是光照進來的地方。」如果生命沒有波瀾起伏，或許我們就無法藉由文字找尋到書寫始於價值，終於溫度的自療之方。對我而言，作家的存在彷若是讀者不同時期的生命導師，作家的靈犀在這頭，讀者的靈犀在那頭，字字句句都在喚醒讀者對世界的真心真情。書寫者或許從來不知，彷若有光的文字，能讓無數讀者在心底綻放著「被讀懂」的花火。因而，善於慰安讀者心靈的作者猶如文字心理師的角色，透過創作不只為自己卡關的人生找出路，同時，也將面對錯誤的覺察，迷途知返的徹悟，以文字燦亮讀者的人生。

一如莒哈絲★（Marguerite Duras）在《情人》中提到的：「寫作，若不能每次都將最複雜難解的事情，藉由穿透某項不可說的核心本質，將它們呈現出來，那麼它就不過是廣告宣傳品罷了。」

人生難免會面對生、老、病、死的試煉。作家也是尋凡之軀，也有走不過的坎、過不了的關。若能透過文字的爬梳，讓生離的傷痛安然結痂；讓死別的苦楚漸次淡去，看似難言的記憶的禁區常成為無數作家筆下的心靈桃花源。

面對生命新生的喜悅，接踵而來的可能是獨特生命與母體的碰撞與和解。作家李欣倫《以我為器》的育子書寫，讓讀者窺見母愛無私的光輝。她自剖地提到：「觀世音見芸芸眾生受苦，流下的眼淚化成了綠度母。那是慈悲的淚水，也是有力量的淚水。期盼有一天，流盡了所有委屈、憤怒、哀傷種種淚水，眼淚不再為自己而流，能清澈如甘露，長養眾多受傷受苦的靈魂，在每一個鑿得深邃的傷口處，綻放蓮華。」作家療癒疏淡的文筆，推心置腹地全盤托出生命經歷，自是深情地與讀者交心。身為女兒之身，讀著讀著，終是理解為母則強的寬厚與堅韌。無論離家多久，母親總是癡心地留盞不滅的家燈給我，面對傷痕累累的我，難免擔憂，甚至想傾盡所有拂去我所有的痛楚，最後，無計可施地只能向上天虔誠祈求。相似的生命記憶，欣倫的文字精準真實地讓我覺察到：父母對子女的愛，始終不染俗世煙塵，不沾歲月凡味。母親毫不保留的愛輕輕觸撫著我的挫敗之軀，讓決絕的我有機會康復而溫柔再起。闔上《以我為器》，凝視母親育養我的劬勞身影，原來，磕碰在生命內內外外的傷口，最後能奇蹟似地痊癒，靠的不是神蹟，是母親以親情之釀敷在傷口的愛，讓它幻化成「蓮華」的祝福。

若是談及面對家人的老病，作家朱國珍在《離奇料理》中，則以詼諧的口吻，將女性在廚房料理的過程，寫成一則則幽微卻動人的情事。作家細膩描繪親情微酸雜揉微甜的滋味，作家看似荒誕離奇的廚藝，卻包裹對家人無法訴盡的濃郁情思，與無法輕易剪斷的情感牽繫。以〈麵線糊〉為例：

父親往生十年，我常常想起，他在人世間最後的日子，最後一次吃到我

★ 瑪格麗特．莒哈絲，法國作家，她為一九五九年的電影《廣島之戀》創作劇本，因此獲得了第三十三屆奧斯卡金像獎最佳原創劇本獎的提名。

為他親手做的料理，是他最不喜歡的調味蚵仔麵線……我的父親，卻默默地承受這一切，包容我所有的荒唐與異想，任憑我把飲食美學當做文字藝術遊戲，不負責任地烹調，而他始終負責任地吞嚥，人間一切甘苦。

文字看似平淡，卻讓我因相同的際遇而熱淚盈眶。我的祖母和母親都是廚藝特為精湛的料理家，唯獨我從小被規定「君子遠庖廚」，某日，想為晚歸的母親做一道蛋炒飯讓其品嘗，沒想到，差點引發廚房大火。幸好阿嬤突聞焦味，瞬間從午寐中驚醒，化解一場意外事件。朱國珍的文字彷若是親情的擺渡人，家人間常以一道道私密料理，蘊含對彼此付出的心意，她以父親全然接受自己的暗黑料理為軸心，自是穩穩接住思念離世親人的下墜靈魂。面對無常，我們自是無從準備，陡然像夢魘撲擊的死別，國珍的文字重新讓我們從一道道料理中去拼湊對家人的思念，讓被命運沒收的情感有再次重溫幸福的可能。

心靈療癒的書寫最怕淪為雞湯似的餵養，讓你讀完時留下了感動，面對現實卻無力行動。因此，這類書寫極為成功的作家，絕不會和你長篇大論地說道理，更不會堆砌艱澀難懂的心理學專有名詞，他們總是親切如久違的老友，也理性得如看透世事的智者，讓你讀完心有戚戚焉後，立馬找到正確的方法去實踐。就像瑞典心靈暢銷神作《我可能錯了》，藉由作家比約恩自身的修行經驗，從如常的事例要我們重新走進自身的內心世界：對於煩惱來源處——愛恨嗔癡，是不是常常處於無力解決的困境？若試著以「我可能錯了」作為開啟智慧的鑰匙，或許，內在無法排解的痛苦與恐懼、焦躁與膽怯，就有對症下藥的練習處方箋。我特別喜歡書中提到：學會喜歡每個人本來的模樣，沒有對錯的執念，讓自己放下執著之心。我十分認同：當我們願意睜開自由的雙眼看待並不圓滿的世界，即便面臨人生逆境，你仍能以「我可能錯了」找到心靈安適的歸屬感。作者透過書寫覺察「我可能錯了」的種種經驗，也讓我可以學之習之——即便身處眾聲喧嘩，書寫帶來的獨享寧靜，能讓人生漸入佳境。作者比約恩長久以來的創作，都希冀能教會讀者：你的生活方式也取決自己觀照世界的視角，人生抉擇能透過真正的身體力行，找到智慧的抉擇之方。

另一位作家伊蓮・福克斯（Elaine Fox）最新力作《心適力》，則是以心理學和神經科學的專業，要讀者接受且訓練自己在詭譎多變的時代，能夠快速且有效地適應「無常」。同時，伊蓮・福克斯進一步具體地提及：當想法、感覺與行動保持彈性力，可以增強面對困挫的韌性，進而改變我們的人生。若能趁早培養自己接受變化的能力，就能消弭不確定帶來的不安情緒與不知所措的恐慌。作家明確地提供給讀者心適力的四大支柱，甚至自信地告訴讀者：即便四大支柱各自獨立出現，就足以協助我們解決眼前的變動與考驗。若能做足四合一的「心適」功夫，就能讓人生處於不敗之地。因此，平日就訓練心理靈活性（Mental agility）、自我覺察（Self-awareness）、情緒覺察（Emotional awareness）、情境覺察（Situational awareness）的話，我們即能與環境和諧一致地進行改變，為可能發生的事預做準備，無論面對任何問題，都能訓練有素地做出最妥適的應對策略。

青少年時期，最常遇到的問題是——不懂安頓內在的孤獨，而不自覺地耗損與傷害內在的能量。甚至，有時因為自卑心態而逃避面對「你是誰」的尋找，活在他人期待的眼光，想贏得他人的肯定，甚至符合社會的期待，但做到底，內心卻無法得到真正的安定、安穩。心理師周慕姿從《情緒勒索》到《過度努力》，以專業諮商心理師的身分，讓讀者根據事例去對望自己的過往，是否經歷過情緒勒索的困境，面對記憶的傷口，如何進入真正自療與面對，同時教會讀者掙脫社會期待的羈絆，回歸樸實無華的人生美境。周慕姿的系列書寫讓我憶及：過去曾無法面對與父親剪不斷、理還亂的關係——在承諾與謊言，愛人與被愛，遺棄與擁有之間，父親過往的人生抉擇，讓我實難承接他對我的深情以待。或許，他曾是兒時仰望的燦爛之陽，當專屬之光驟然消逝，純真童年也隨之戛然而止。自此，我絕口不提父親兩個字。直到出版《療癒26顆破碎的心》，主編希望我能在自序談談自己的父親。面對空白許久的記憶扉頁，我不知要怎麼形容在我人生缺席那麼久的「他」，直到那晚我流著淚寫下了：

謝謝你，帶我領略這個美麗的世界；謝謝你，成為我生命第一個疼愛我的男人；謝謝你，讓我流有和你一樣堅毅與勇敢的血液，讓我面對困境之際，願意選擇絕地逆擊，擁有挺身獨走的傲然姿態。我想對你說聲：謝謝。謝謝你把生命最好的特質復刻在我的靈魂裡。

不再選擇緘默的文字，讓我終能自我覺察：或許，我從沒有恨過他，更多的是——內心難以言喻的遺憾，遺憾不能和生命深愛過的人，有緣分好好地相處到老。或許，亦是自己的虛榮心，無法誠實面對父親完美形象崩塌的事實。謝謝作家的文字觸動，讓我有機會書寫思念父親的勇氣。或許，內在的焦慮真的是最嚴格與最好的精神導師，如果沒有編輯刻意給出書寫的機會，讓我以文字正視自己對父親的偏見，並在文字的不斷自問下，引導自己釐清真相，我也無法認識自己的情緒黑洞，更無法消除對親情的存疑。

我相信，我們都曾有過對人生懷抱憧憬，卻無法定位人生版本的徬徨；也曾遇過跌跌撞撞、迷失方向的時候。但，作家的文字常是人生的指南針，帶給我們可以選擇的人生版本——他們經歷過的，雖不一定是自己生命百分百正確的答案，但是，你可以從相似的境遇，仰望作家書寫的微光，走到最適合自己的人生路徑。同時，也讓你的心靈找到被支持的力量。一如詩人顧城說的：「黑夜給了我黑色的眼睛，我卻用它尋找光明。」因而，在書寫的過程中，我欣羨詩人的血液竄著奇想的繆思，喜歡在他們的詩句逡巡歲月的美麗與哀愁，生活不只眼前的苟且，還有詩和遠方。

詩集彷若是青春「達達」馬蹄叩響，年輕時的誤讀多是內心投射的美麗錯誤。當年輕的流光能以詩意彩繪滿身的失意，我明白詩人有能力讓看似灰燼的所在開放出一朵不凋零的烈燄之花。從〈錯誤〉到〈客來小城〉，彷若讀懂《莊子．盜跖》中的尾生，願以「抱柱信」中的心意。以專注的等待，一世的執著，去守護皎月為期的盟約。若再從〈等你，在雨中〉到〈我在水中等你〉來看：愛彷若擺渡在永恆與剎那之間，等待隱然是情深的符碼，它看來是沒有休止符的生命探問。詩人似有一枝靈犀之筆，精準描摹思念、離別、愁緒的細緻勾勒。你可以選擇像李清照〈一翦梅〉說的：「此情無計可消除，才下眉頭、卻上心頭。」喜歡一個人，即便他已不在你身邊，伊人的容貌倩影，無論何時，就是無聲無息地竄入你的視界，讓你無法不去想念。當然也可以成為夏宇〈甜蜜的復仇〉、葉青〈如何放下〉筆下的新時代女性，面對愛情，不用等待伊人心有靈犀的回眸，你亦可選擇漸行漸遠的瀟灑放下，至少，清然灑脫是送給行旅相伴者，人生最美好的祝福。

進入職場之後，在壓力難解的時刻，就亟需換個心情場域，書寫儼然已成自我價值的整理，不只能讓自己置身於恬淡有致的文字世界，也是仰光前行的重生儀式。文字自慢的醞釀，重新召喚被遺忘的美好，真實地回望生命自身的渴望。驀然回首，文字仁慈地記錄你我之間，看似倏忽即逝的吉光片羽，卻已成恆久的歲月銘刻。一如蔣勳說的：「我想記憶生活裡的每一片時光，每一片色彩，每一段聲音，每種細微不可察覺的氣味。我想把它們一一摺疊起來，一一收存在記憶的角落。」以文字收藏記憶，帶給讀者幸福的張西，亦是我自己在汲取內在正向能量時，極為喜歡的作家。張西從《你走慢了我的時間》到《我還是會繼續釀梅子酒》，依然保有對內在生命誠實對話的書寫特色，她的文字讓讀者感覺到：生活偶爾會覺得辛苦，覺得疲累，這是必然的。沒關係，平凡很好，簡單很棒，打滾、掙扎都是人生常態。甚至，「生命傷痛」是認真取捨過後的印記，生活的壓力和責任是我們此生很難避免的生命之重，但我們不用活得轟轟烈烈，要能享受微酸的時光，把疼痛和快樂一起釀成醇厚的人生梅子酒，甚至以沒有比每日醒來可以微笑要更好的事了，做為生命之傷的註腳。

當她誠懇地寫下：

許多時候以為傷口藏得住，以為時間過了就是過了，不想面對、不想處理的種種都可以變成永遠的秘密，可惜當不可自拔地感到疼痛與快樂時，才知道生活裡沒有秘密、緣分裡沒有秘密，自己身上也藏不了秘密，只是有沒有被發現。

張西的文字容易內化到自身經驗，看似輕描淡寫的文字，卻滿溢心靈調適的力量。無論是人際撞牆、陷入生活迷宮，我總能從張西文字的柔波裡，感受與善意共處的明亮，同時，我們絕對可以失敗，但不害怕失敗，在角落療傷也好，用力推開傷心的門扉也行，允許自己可以說苦，我們永遠都要保留一個空間給自己，它不能被占據，更不能被侵占，日子或許沒有怦然心動的剎那，安頓好悵然失去的心緒，日子仍舊能停駐在靜美朗晴的時節。

至於，陷入栖栖惶惶、心情蝕光的時刻，我總會依賴療癒系作家的文字，抵抗心靈蝕壞的速度。喜歡小川糸始於《山茶花文具店》，這是以「代筆人」故事為軸線的小說，雨宮鳩子從抗拒這份工作到愛上這份志業，悠緩在心底流瀉而過的溫度，讓閱讀的時光瀰漫在寧靜與幸福的氣氛中，一個代筆人的溫婉，文字啟動自慢的模式，成為一個願意走進他人生命咀嚼生命滋味的書寫者，書中曾有段文字十分觸動我：即使寫了一手靚字，如果別人完全看不懂，就無法稱得上是精粹，反而會變成一種庸俗。一位書寫者好像也在陪伴讀者和自己闖入一個仰光的世界，寫作者無須高明深奧的文學技巧，卻能讓你在每處句讀停歇時，能夠好好呼吸，好好靜觀世界。原來，人生的死別與生離，無論經歷者是否已走出那傷痛的地窖，作者文字佐光的豐沛情感，讓你在不知不覺中就踱行到朗晴之域，日子有苦澀但有回甜的可能。作家看似輕靈的筆鋒，療癒的力道卻是強而有力的。小川糸看似透過書寫在救贖自己，殊不知在不知不覺中也救贖了讀者。再者，即便像林滿秋《來自監獄的信》這類看似載錄社會殘酷、人情冷漠的寫實錄，作家有意識地設計受刑人聞昱栞和兩位主角凱欣和佳美之間，透過書簡遞送的手溫緣分，讓讀者跟著小說人物從絕望的谷底，找到重生的勇氣與真實的力量。游移於光明與黑暗、沉淪與奮進、自殘與自立、脆弱與堅強、失去與獲得，小說家的文句開啟讀者美善的眼睛，淒風苦雨的情節，遍體鱗傷的靈魂，在澄淨的人情之流的淘洗下，和不完美的自己「握手言和」，生命的結局終究流向人間有情的終點。一如韓劇《少年法庭》即便在揭露真實社會並非處處溫情，任何人都有可能在被逼入絕境時，暴露出猥瑣險惡的本性。但我仍看到編劇在劇情之外，不時傳遞療癒人心的信念：「就算日子再難過，也要微笑面對生活，這樣才能為人生帶來好運。」無論你是被遺棄過的、被傷害過的，甚至，曾置身孤苦無依的現實世界，只要不放棄文字帶給我們愛與希望的堅持，你都可以微笑地光榮回歸，尋到棲身之處，找到和現實世界拔河、對抗的勇氣和好運。

作家以文字作為心靈對話的自療形式，讓孤獨之心舞出愛的波瀾。一位閱讀者能從心靈作家作品重新認識自己，尋找到與世界和解的方式，這是莫大的幸運。若能再把閱讀帶來的療癒之情，轉以文字反饋給讀者，讓彼此在看似不可捉摸、無解的情感世界，信然地遇見文字之光，悄然邂逅溫柔的生命解方。猶如蘇打綠〈未了〉提到的：「推著上山巨石，親愛，薛西佛斯；不知道第幾次，命運，被他堅持。」每次的書寫經驗並非都處於陽光和煦的時節，文字栽下的希望種籽，也不一定短時間能蓊鬱成林。但陰鬱荒蕪的內心，在書寫時光的醞釀下，文字自療的魔法自能點撥溫情。每位書寫者也像是不同領域的文字心理師，忠實於療癒價值的文字，不只能和過去和解，也讓我們的故事成為一部能被讀懂的經典書卷。

ＡＩ與寫作
——書寫有一天會被取代嗎？

當 ChatGPT 掀起ＡＩ熱潮，很多人擔心文字或藝術創作者會在ＡＩ革命後被淘汰，而這波ＡＩ浪潮帶給創作者的，是前進的方向，抑或是殘酷的真相？

有些人取笑 ChatGPT 產出來的東西根本不能使用，也有人悲觀地認為，擁有思辨力與創意的創作者，將來仍會輕易被機器人取代。但ＡＩ與創作之間的關係眾說紛紜，不應盲目地追隨意見領袖的看法，因為真相不一定跟多數人站在同一邊！也不該極端地護守過往的慣性思維，反而要常常問問自己：「到底要怎麼做才能創作出不被ＡＩ取代的作品？」

在我自己嘗試使用 ChatGPT 之後，很驚豔它具備幾個讀寫的優勢：它的寫作速度極快，效率令人咋舌，這讓許多需要慢慢醞釀靈感的創作者望塵莫及。同時，它嚴謹的寫作邏輯，讓文章具有高度的一致性、段落架構清晰分明，且善用邏輯詞，句子保持簡潔的流暢性，讀者能夠一目了然地理解其訴求的理念。加上它善於進行歸納分類，設定的寫作風格、敘說語氣和修辭技巧，都可以根據指令隨時調整變動。甚至，你若能下達精準的概念與關鍵詞，它會做出正、反論點的比較，具體、抽象事例的對比，同質觀念的層層類比。它扮演的角色比較像「友善的代筆者」，當你給出文本類型（如：散文、新詩、小說、傳記、報導、讀書報告、主題專案、計畫等等），ChatGPT 都可以快速地幫助你完成「基本款」的成品。我進一步發現：它也擅長扮演「腦力激盪者」，可以立即援引相關資訊、資料，讓你能快速掌握某些統計數據，做出概括性的判讀、理解。看到這裡，你可能會心灰了，我還要繼續創作下去嗎？新聞書寫、專業文件、故事創作是不是都交給ＡＩ機器人去處理就好？未來，寫作者是不是會變成一個可能消失的工作？

傾盡全力的作品，無可取代

其實，真相並非如此。首先，它所引述的例證，其正確性還須再進一步地查察。雖然它的結構不會隨意錯置，但寫出來的文章卻是千篇一律，初看會有驚嘆之感，但再細看就能清楚比對出篇篇相仿的「模樣」，久而久之，你會覺得ＡＩ寫出的文章的確了無新意。同時，如果你下的指令不夠精準，它給予你的資料可能都會「歪樓」，比較複雜或者需要專業知識去深究的內容，它也無法給出能觸發激盪的寫作火花。一如李國修老師曾說：「人一輩子能做好一件事就功德圓滿了。」對於一位專業演員來說，「開門、上台、演戲」這是國修老師做了一輩子的事。國修老師對於戲劇要求的專業細節讓我們看出令人驚嘆的「戲節」，更是讓閱聽者願意不斷關注，甚至永遠無法自拔追隨之的原因。我曾被國修老師的一句台詞感動到熱淚盈眶：「很抱歉，我們無法再演一次了……」沒錯，這就是創作者的「孤本」心情，它必然是世間的獨一無二，此生專屬的唯一，它無法被取代、無法複製，甚至無法「重來」，傾盡全力的作品從來就無法出現任何替代品。

身為創作者，我們有專屬的文字風格，深藏於文字冰山以下的創作情感與溫度，會隨著與讀者互動的程度，做出內容與風格的調整。每本書寫作的背後，都蘊藏帶給讀者的寫作動機，哈佛大學教授陶德．羅斯在《集體錯覺》中提到一個重要的概念：儘管我們無法避免受到「集體錯覺」的控制與影響，但我們是否能奪回自主思考控制權？身為創作者，我們思考作品的理智線是不是常在「從眾心態」裡逐漸隱沒，若能對自己寫作的觀點不斷提出質疑，有沒有機會為自己的作品做出更正確的定錨，而非在人云亦云的世界，變成他人作品的副本！一如《科學怪人》作者瑪麗．雪萊在自序提到：「願我的醜孩子生生不息，我對它有感情，因為它是快樂時光的結晶——那時死亡、憂傷於我僅是言語，我的心仍未曉與之共鳴。」如果，創作者想要挑戰過往未曾出現的題材，那麼，瑪麗．雪萊絕對會是最好的典範。身為年輕女性作家，她以虛構的事件、不拘一格的創作手法，寫出一部影響後世的哥德式科幻小說。她運用奔放的想像力，試圖從科學視角出發，進入生與死的論辯、天使與惡魔的對峙，從男性思維跨度到女性觀點，從孕育到毀滅、幸與不幸的探討。書中主角——科學家維多．法蘭根斯坦親手創造的新生命「怪物」，是發明人及被發明者在完美與缺憾之間，從期待到失望，歷經喜悅與悲傷的產物。這看似是個背叛與復仇的單純故事，但作家殫精竭慮地利用科學家與怪物的全新組合，更深層地探問讀者：人類的生與死原是上帝的領域，科學的手是否能伸入主宰生命的創生領域？從彼時被邊緣化的女性作家筆下，我們看到從女性視角出發、細緻入微的觀察，怪物的故事後來成為無數科幻小說、電影的原型，這部作品也讓年輕的瑪麗．雪萊被無數讀者稱為「科幻文學之母」。看來人類的創意與日常生活碰撞而出的作品天花板，是ChatGPT這類機器人無法輕易超越的。

影響世界的不是科技，而是生命的價值

另一位蘇格蘭作家羅伯特．路易斯．史蒂文森（Robert Louis Stevenson）

經典作品《金銀島》，企圖顛覆我們對海盜形象的既定印象，把少年冒險的嶄新視點帶入小說題材中，從尋找寶藏連結冒險之心，不斷出現善與惡、正與邪兩種心態，讓讀者思索：夢想是自我實現，還是物質滿足而已？當大海盜西渥弗與失去父親的少年吉姆從相識到衝突，從衝突到磨合，單純的「尋夢」，也變成自己的內在價值的追尋。小說家栩栩刻劃了大海盜西渥弗，這個促使主角乘風破浪去尋找夢想金銀島的契機人物，並以「金銀島」象徵每位小孩曾經幻想過的心靈桃花源，用它來體現邪惡勢力與真善美的對抗時，我們內心的掙扎。「寶藏」是我們放棄安逸，投向冒險的動力，當我們願意認真作夢、勇敢尋夢就是開放思維促使行動的璀璨實踐，每個人都可能是自己未來的英雄。當史蒂文森寫出《金銀島》之後，他絕對不會自限於目前的寫作成就。緊接著，他在一八六六年出版《化身博士》，透過懸疑推理的全新情節，以科學家傑奇博士為主要敘寫人物，看似風光無比的人生勝利組，卻在喝下邪惡藥水之後，變身為人格扭曲的海德先生，一位是位居神龕的仕紳傑奇博士；一位是作惡多端的海德先生，兩者竟同存於一個人的生命裡，科學家的身分，創造出一個人「意識」與「潛意識」之間既善又惡的雙重人格。小說家巧妙的設計彷若解密的情節，讀者要運用現有的線索抽絲剝繭地找到真相，可疑的、真實的穿插其中。細心的讀者會發現：小說家為何不斷讓傑奇博士自言自語地吐露心聲，但從頭到尾都沒有安排「海德先生」自剖的橋段，他想以如此奇詭的寫作形式來呈現小說哪一個重要的核心思維？無論是「雙重人格」抑或是「善惡衝突」，每個角色的個性與話語權之間，作者明確地利用文字進行表態，傳達自己對於哲學、人權，甚至難以釐清的複雜善惡觀，所有的虛構，最後都會反映出小說家對真實世界的邏輯脈絡裡。

在浪漫主義的洗禮下，瑪麗．雪萊透過《科學怪人》的怪物，對強權世界提出質疑；《化身博士》則是更進一步把不合時宜的怪物設定在自己身上，史蒂文森這樣形容著傑奇：「我自己從這新生命吸進第一口氣時，就知道這個自我更為邪惡，比原本的我邪惡十倍，將原本的我出賣給我原始的罪惡。」從這兩部小說來看，真正影響世界的永遠都不是科學或科技，而是善惡價值帶來的生命決定。所有的「自以為是」，常常在創作過後，會更真實地逼創作者找到人生答案——「原來真相不是〇〇，是〇〇」。創作者對價值的自我釐清，能讓世界的真相不流於主流或非主流的兩端，而是給予讀者自己真正思考過後的書寫話語權。

AI給不出的答案，就在你的人生中

若再以讀者有感的「親情」議題，年輕新世代小說家楊富閔在《花甲男孩》熟稔地運用自己的大內原鄉為創作元素，在白話台語的敘寫風格中，融入年輕世代的新潮語彙，呈現楊富閔「新鄉土小說」的獨創風格。徐緩地道盡大內人重視家族綿密的人際關係，即將被遺忘的前代俗土故事，以及親人間的生老病死。楊富閔寫的不火不慍，不只精準勾勒農家社會隔代教養的真實風貌，將自己與祖母阿嬤楊林蘭的祖孫情深寫得絲絲入扣。影響他最深的不是父母，而是把愛藏在心底，只會不斷付出愛與情的樸實祖父母。阿公、阿嬤既是慈愛的陽光，也是守護自己的生命大傘。因而，楊富閔稱自己擁有的是地表最強的大內一姊，那位年輕守寡卻強悍多情的阿嬤，成為小說中母愛的象徵。小說整體呈現解嚴後台灣囝仔成長的歷程，新一代作家的母土拓墾成長情事——農業鄉鎮日漸隱沒光芒、蒼涼的命運，卻是楊富閔筆下令他為傲為榮的故鄉。跨世代家人之間，即便相愛，思維斷層仍帶來衝突荒謬又極度有情有愛的情節，它留住彼此的，是相互拉扯卻又和解共感的動人畫面。這類的親情題材與寫作技巧，催生出 ChatGPT 永遠都無法組合出來的獨創語言。

面對親人死亡的議題，劉梓潔以四千字的散文〈父後七日〉拿下當年林榮三文學獎散文首獎，甚至以作者身分完成同名電影編導的工作。這篇風格獨特的散文，劉梓潔用將近一年的時光去整理父喪後內在感受，也鮮明地呈現北漂青年因現實離家卻無從言說的鄉愁。一部優秀的作品猶如釀酒的過程，它需要極好的原料、純熟的技術、時間的等待，是既複雜又迷人的過程。一如陳芳明說的：它開闢了散文的全新版圖！劉梓潔開頭是這樣寫的：「今嘛你的身軀攏總好了，無傷無痕，無病無煞，親像少年時欲去打拚。葬儀社的土公仔虔敬地，對你深深地鞠了一個躬。這是第一日。」面對摯愛家人的離開，劉梓潔獨有的敘述風格，掌握極具魅力的語言節奏，以平日較少被提及的喪葬為書寫主軸，穿插幽默詼諧的情節，呈現台灣喪葬「有禮無理」的台式文化。它不像皮克斯動畫片《可可夜總會》以墨西哥「亡靈節」為出發，從節慶歡樂的立基來談面對家人「死亡」的意義：我們愛的人從來沒有真正離開過我們，他們只是到另一個世界等我們。劉梓潔〈父後七日〉刻劃中南部喪家面對守喪肅穆的氣氛、繁複的儀典，情節時而衝突時而逗趣，讓人讀來又哭又笑，女兒在每日每日的誦經、祭拜的忙亂時間之餘，尋回過往父女相處的點滴回憶。對已逝父親的攫心思念和不捨，並非發生在面對家人離去的當下，而是在空間與時間移轉下慢慢發酵，形成一種不能說的悲傷氛圍，以及嘴邊的瀟灑一笑，其實是對無常而不得不放下的孑然自嘆。死亡在劉梓潔筆下，已非是令人恐懼悲傷、寂然荒蕪的情調，而是在黑色喜劇氛圍裡，企圖為父喪之後，生者如何和死者從誤解到和解的歷程，以及面對未來生活，我們如何漸進入一派寧靜從容、祥和自在的新起點。關於生與死的思考，

AI機器人無論多麼先進，永遠都無法給予我們滿意的應答吧！

感動人心的，是完整而非完美

若從 ChatGPT 注重邏輯與資料判讀的特性，我們可能永遠都讀不到像經典小說《小王子》這類的作品吧！我們從小王子與玫瑰的關係來看：小王子和玫瑰都誕生在 B612 星球，當他們睜開眼睛的剎那，心底都住進彼此了。即便小王子離開自己的星球之後，猛然望見地球竟有整個盛開的玫瑰園，當下恍然知道：自己悉心照護的那朵嬌慣玫瑰，不再是真實世界萬中選一的玫瑰了。那麼，他選擇其他的玫瑰了嗎？ChatGPT 應該會認真評估後，要我們不要那麼辛苦地單戀這朵看來平凡無奇又滿身鋒芒的 B612 星球玫瑰，因為它已經失去競爭優勢了。但小說家聖修伯里並不在這個「大數據」的邏輯裡，他對真愛的解讀進行細膩的闡釋，弱水三千只取一瓢飲的原因在於：就是要看過滿園的玫瑰之後，才能確定 B612 星球的玫瑰的確特出。因為它是集小王子三千寵愛於一身的玫瑰，縱使出現再多的玫瑰，也無法取代它在小王子心目中的位置。畢竟沒有一朵玫瑰能讓小王子天天陪伴說話、澆水施肥、為其擋風遮雨呀！終有一天，玫瑰必能傲然綻放自己的美麗，這更是小王子衷心的期待。一如狐狸對小王子說的：「你在玫瑰身上所花費的時間，讓你的玫瑰花變得如此重要。」對ＡＩ寫作機器而言，設定的資料庫必然是以追求完美為目標，但對人類而言，追求心靈相契才算完整的愛。外在條件的拚比並非能否成為朋友的標準，即便是爭吵、挫敗的經驗，仍是彼此理解與接納對方的過程。這或許不是程式語言能真實設定的數據，所有人與人之間完美的關係，都必然要經歷「馴養」，那是對喜歡的人打從心底願意臣服的真心，因為他／她期待的是對方能成為世界最獨特一道風景的真誠支持，這也是《小王子》為何會變成經典又令人百讀不厭的原因呀！

赫曼．赫塞是中學時期一位影響我頗深的作家。《流浪者之歌》的主角悉達多用自己獨有的方式，試圖找到智慧和生命的真理，也讓我成為一個願意繞遠路找答案的人。當你不再畏懼離開安適的起點，就會開啟我們邁向一段艱辛又美好悟道旅程的機會。悉達多父親對其生命選擇的寬容，家人的放手令我感動，這是看似輕鬆卻又全然接受的愛呀！一如母親願意接納我不斷走在自我探索的路上，即便看見女兒傷痕累累了，卻總是選擇默默陪伴，以視而不見的包容，讓自己能親身體驗「我的人生」。一如悉達多遇見完美的佛陀，卻選擇與其道別，這需要多大無畏的智慧：「假如我成為您的信徒，我擔心這只會停留在表面，我擔心我會欺騙自己，認為自己已然心靈平安並得到了救贖，而事實上自我卻繼續存在和生長。因為我會將教義、我的後來者以及對您的熱愛澆灌成自我。」悉達多始終如一地選擇一條探索與實踐的道路。抉擇常常不是選擇最好的路，而是選擇最接近自己需求的旅程。就像AI時代傳遞的知識或許可以快速汲取，但是內化成智慧卻是終生實踐與體會的過程，每個人的生命智慧無法複製與類比，你必須真實地去實踐愛、去體會愛，善待自己與他人，這需要不斷在人我互動中，體認愛的真諦。同時，愛不全然是快樂的經歷，它也雜揉著痛苦的滋味，以及橫越煩惱的自我對話。

一如書中提到：悉達多從這條河學會永不休止，這條河特別教會他傾聽，以沉靜的心傾聽，以等待、開放的心靈去聽，不帶狂熱，沒有期望，不加批判，不生想法。這也是身為創作者在寫作時必須要時常守護的純心——我們為何要寫，以及如何寫，到底要寫些什麼？

思維的價值，在於承擔異見的勇氣

ＡＩ時代創作者存在的價值，在於「專業思維」的累積，藉由生活的親身體驗，讓創意不斷地在作品與讀者迸發出共鳴，跟隨他／她的年紀漸長，隨著時代潮流，持續寫出新穎的題材，並非只是某些素材、事件、概念的拼湊，抑或是書寫風格的複製而已。或許當我們越來越依賴ＡＩ與懶人包，雖然知識的理解變得既輕鬆且簡單易懂，但這是否也意味著：我們逐漸失去全盤理解知識全貌的可能，甚至，更容易落入一個「集體錯覺」的陷阱，失去獨立思考的機會。從過去改變人類命運的智者身上，我們可以歸納出他們的人格特質多為在深思熟慮之後，大膽提出迴異於他人的看法，引導人類走上全新的躍進道路，蘇格拉底是，哥白尼、伽利略也是。即便當時他們引起反對者激烈的爭議，歷史卻證明他們的選擇和帶給後世的價值，彌足珍貴。這或許是人類絕不會被機器人取代的重要原因，我們捍衛的是世間的真理，是勇於承擔異見的勇氣，是寧願失敗也不願屈服的人生價值。AI來了，我們處於創作最壞的時代，也是最好的時代，創作者憑藉「雖千萬人吾往矣」的勇氣和智慧，有機會為下一代留下我們這代人「心嚮往之」的書寫態度和社會觀察，讓讀者為之廢寢忘食又愛不釋手。

找到屬於自己的寫作王牌

二〇二三年世界棒球經典賽（WBC）冠軍賽，日本投打雙修的「二刀流」大谷翔平在冠軍賽，帶領日本隊爆擊棒球強國山姆大叔，他不只拿下本屆MVP，也創下許多難以改寫的神紀錄，賽後他更勉勵所有亞洲球隊都可以預先設定目標，每個球隊都有機會取得世界冠軍的門票。同時，他要我們認真思考：「當你在逆境時做了什麼，這才是最重要的。」創作又何嘗不是如此？作家的崛起，常常是時勢造英雄無法一蹴可幾的，但是要如何找到自己的寫作特色，立於不敗的書寫地位？如果，你手上的寫作王牌，能凸顯獨一無二的生命經歷，或小說、或散文、或詩句、或戲劇，讓作品留下讀者會關注的議題，同時，也能留住世代的重要聲音，你，就會是以沉穩精湛球技為球隊留下勝利桂冠的王牌選手。「ACE」代表你可以是跨越世代的連結，甚至超越立場獲得認同，球隊的表現也會因你而被放大細數。如何找到手上那張寫作王牌，乘載絕不能缺席的書寫心事，與不同族群、性別的讀者產生共感、共鳴？

書寫讓絕望找到希望

大師兄二〇一八年甫推出《你好，我是接體員》後，以素人作家之姿不僅登上暢銷榜作家，也讓更多讀者見識到大師兄書寫死亡議題，有其獨特的觀察與觸動人心的敘寫風格。因而，《比句點更悲傷》、《火來了，快跑》依舊一上市就造成讀者瘋追的局面，甚至你看到大師兄書寫的疾速進化。大師兄的文字樸實無華卻藏有催淚的洋蔥哏，你看盡人間之惡，卻在心底點燃心中之善，他寫得很輕鬆，讀者卻看得很揪心，他用最真實的故事來換取讀者的眼淚，這是大師兄最大的書寫魅力，無須華麗的詞藻，嚴謹的結構，抑或是高深的寫作技巧，他說：「我就只是寫自己的感受啦，沒什麼特別的。」就是對死亡的看透與悟透，看似平淡的文字卻能傳遞「超脫生死，活得瀟脫」的信念，同時也透露面對死亡，每個人都會湧上的恐懼，因而，他寫下這段敘述：「隨著這份工作做得越來越久，看到的事情越來越多，也越覺得我這輩子是來學習如何做一個容易滿足的人。」

除了用幽默的筆觸將亡者百態描繪而出，他自帶對生死觀察的細膩心思：「如果，每個人終將一死，活著的時候，是不是要好好地活著？」過去，大師兄因父親欠下賭債被追債、失學，甚至因為照顧爸爸而變成繭居族，對世界也產生過很大的誤解與自棄。不過，在爸爸離開之後，所有的怨恨都變成了愛。或許，每個生命都有他難言的無可奈何，有人會自己嘗試解決，有人則是會選擇丟包給他人。大師兄說過：「我會到殯儀館工作，和爸爸有關，他是我生命『最好的壞榜樣』，人生最後一哩路，總該有一雙手幫助他有尊嚴地離開。」因為爸爸的緣故，自己選擇在殯儀館工作，這些他人難以想像的經歷，卻讓大師兄找到正向看待逆境的能力，也找回書寫療癒的能力。他的書中曾說過：有個老頭沒事就到殯儀館晃，有次，夜班警衛問老頭說：「你為什麼喜歡半夜在殯儀館走來走去呢？」老頭想了想，說：「常常來這裡，就知道自己過得多幸福。」沒錯，不幸是比較出來的，其實要學會知足與珍惜，才會讓自己的心溫柔也寬容。大師兄就是一位能用文字將我們從絕望的世界，慢慢擺渡到希望的彼岸，闔上大師兄的書籍，你總會更理解生與死，還有無常。生活看似荒謬卻是淬鍊我們的生命禮物：面對生死人生，我們可以很渺小，也很強大。

從工科先生到詩人

讀過詩人許悔之的作品，都會被其文字獨有的靈性氣息包圍，詩人的創作夾帶情感密碼，為你解鎖人生的疾苦、撫平不如意的磕碰，讀著讀著，煩悶瞬間消逝。若沒有翻開他的生命系譜，你會誤以為許悔之是血統純正的中文系人，或是佛學的佈道者：「我向你合掌／有一世我哀傷的時候／你給過我／溫暖而慈悲的眼神」，原來，工科先生的小宇宙藏有許多生命的秘密，讀者用心諦聽，許多溫柔的饋與，就在不知不覺裡心領神受了，對於他人安靜不張揚的付出，我們的確要合掌感謝。工科詩人內斂的憂傷與情深，帶著玄妙的祈語讓不安不馴的靈魂，慢慢地踱入文字的深林，穿過憂傷的迷霧，得以望見有詩唱和的遠方。

詩人談起自己性格的強迫症，那是天生無法隱去的憂鬱原色，他不再刻意與之對抗，那是學會接納自己，和自己好好相處的祝福，當你恐懼、憤怒、憂鬱之際，或許，正走在被諒惘、祝福的起點，只要心不遺失，就會陪著自己找到人生的解方。同時，若能在文字的世界裡與詩人相忘於江湖，更是書寫慈悲相互圓滿的結局。對於愛的詮釋，他以氣味為讀者開了一個想像的外掛程式，〈氣味辭典〉：「愛是一種氣味的求索嗎？他不免如此妄想。氣味甚至能夠比愛活得更久更長。他開始想像，那些不再能夠相愛的男男女女們，一定是彼此吸引的氣味開始覆亡吧。」對於失去，用溫柔文字表達抗議；對於離開，以美麗文字傳遞哀愁，一如詩人崔舜華說的：「許悔之在詩中，不吝惜地展露了詩人作為『戀世者』的性格，在多變幻的當代生活與網路世態裡，舉證一種純質書寫的可能性。」工科先生的書寫濾鏡如萬花筒般，一轉動就是揚其清願，許我們一個生命折射的斑斕之景。

一半是仁心醫者，一半是浪漫書寫者

每次閱讀廖泊喬的文字總有些欣喜，欣喜靜寂襲來的蒼涼，那喧囂之外的孤獨，有人以文字陪你排遣寥落之情。《文豪酒癮診斷書》他為讀者劇透你不知的文豪與酒之間的愛恨情仇。偶爾，他像極了專業的醫者，對你娓娓說理，偶爾，他又變身為浪漫風流的文人，和你叨唸著：我喝的不是酒，是寂寞，我寫的不是詩，是人生。其書寫涉獵歷史、文學、科學、醫學等範疇，但無論是哪個身分，你總是會為他的博學圈粉，印象最深刻的是，書中他舉會因飲的石曼卿從愛飲到戒酒的故事，因為他的戒酒手段過於決絕，導致戒酒後撒手人寰的悲劇，明明是戒除壞習慣，怎會變成自己的索命鍊？原來，做事都得循序漸進，若過於急切反而礙事傷命。而《古人解憂療鬱帖》進一步看見他急切要讓讀者離開成癮的世界、脫離心鬱之域。你讀著讀著眼角會微微濡濕，表面是細膩剖析憂鬱症的階段與徵兆，卻將文學中的名人一一找來類舉，面對家人離世之苦、仕途貶謫之難、情愛失去之痛，我們如何驅鬱奮起？我們要如何做才能更沒有遺憾。從醫學到文學，廖泊喬活得像書寫的先行者，他在書中曾提及書寫的初衷：「生命中總是有失落與困頓的時候，心情為此低落痛苦、思考為此轉為負面，此時，總是有不同的方法能一步步前進，過程中可能此路不通、可能披荊斬棘，而總有一天穩穩走過後，會看到自己的成長與不同。」書寫者把穩穩走過的祝福送給我們，我們也不再那麼孤單與無助。同時，我也很喜歡他論及創作的心境：「寫著寫著自己都像被古人附身一樣，那苦、那澀、那悲、那痛彷如烙進骨髓裡，直到完稿，我才變成廖泊喬。」沒錯，創作的過程內心的確要夠強悍才足以抵擋寂寥，面對天地如寄，身無一人時，你在無光的世界慢慢逡巡，慢慢地，依恃文字積累的力量，你成為空間裡的一顆恆星，世界從無光到有光，一如泰戈爾說的：

「把自己活成一道光，因為你不知道，誰會藉著你的光，走出了黑暗。」

和自然當朋友的獵人書寫

台東太麻里不只是每年能看到日出第一道曙光的地方，這裡住著一位排灣族作家亞榮隆．撒可努，高中讀了五年，從南迴鐵路工到保安警察，最後，他以所謂「沒有邏輯文法」的作品奪得無數書寫大獎，作品還入選哈佛大學的「中文指定教材」。面對書寫，他誠懇地說：「我沒有要得獎，只想讓自己的部落、族人的故事被看見，我在創作中找認同和自己。」撒可努慚愧地說：「十八歲前不會說排灣族語，身為排灣族獵人首領的父親要撒可努回到大自然找生命的答案，唯有回到熟悉的地方，你才能安心做回『自己』。」他第一次認識到自己的族名「撒可努」，它代表萬物生生不息的象徵，因為族名的回歸，其血液流著獵人的基因，那是上天送給原住民的禮物，絕不能輕易拋棄它。撒可努說：「原住民是天生的說故事高手，我們可以說的素材太多，像《天方夜譚》一樣的日常」。例如這段對話的敘寫：

父親搖著頭說：「這隻飛鼠，不只國中畢業，可能已經考上大學了，不然怎麼這麼聰明？」

我又忍不住問：「爸！飛鼠真的有大學嗎？」

「有哇！牠們都是夜間部的。」

我聽不懂，父親又說：「飛鼠是夜行性動物，牠們常聚在一起研究生存的法則，躲過獵人的追捕是必修學分，與獵人鬥智則是更上一層的訓練課程。」

作者善用詼諧的對話，來比擬人類與自然共存的人文情懷，凸顯部落高深的獵人哲學，這篇文章也收錄在一九九八年《山豬．飛鼠．撒可努》一書。撒可努的文字讓許多讀者開始關心原住民文化與土地的問題，看到原住民與自然共處的智慧，並透過他的書寫認識獵人文化的豐富性：「把動物看待成人，把自己也想成動物，你就會了解他們的習性，聽得懂他們說的話。」這和莊子談及的〈齊物論〉萬物皆平等，如何掙脫好壞、大小、是非的束縛，在獵人文化中也隱含相近的哲思。尤其在漢人書寫強勢的時代，他要先認同自己的身分，以自己的族群為傲，找回傳統的根，不要遺失自我的原鄉。我特別喜歡撒可努說的：「狩獵只是獵人的其中一項特質，在打獵前是先學會獵人思維，用獵人的方式過生活，把獵人的精神和態度帶到環境中。」撒可努讓讀者學會對土地謙卑，對萬物友善，尋找先民生活的美學，這才是真正排灣族的文化價值。書寫來自土地，有取之不盡、用之不竭的創意，就像撒可努的部落拉勞蘭（意義為肥沃之地），它給予作家創作的沃土，因而撒可努無須勉力行文，無須讀過中文系，他的書寫援引於獨特的生活經驗，他的文字讓台灣多元文化的豐厚被全世界都看見了。

建築書寫的都市遊俠

小時候渴望當偵探的作家李清志，長大之後，竟選擇以建築師當人生志業，但童年的偵探夢沒有走遠，讓他成了一位戴著偵探眼鏡看世界的都市遊俠，也為我們寫下許多精湛的建築賞評文字。他曾說：「如果我不在咖啡館，就是在往咖啡館的路上」，他工作之餘，都泡在咖啡館寫作、工作、觀察人群，這種脾性頗有專業作家才有的書寫魂，無時無刻都在找寫作的靈感與素材。加上李清志史學的底蘊深厚，讓他對建築的解讀保有理工專業的邏輯性，也呈現其獨創的文史視角，輔以偵探濾鏡柔焦後，其文字完全顛覆讀者想像：「我必須承認，京都是我詩意美學的啟蒙者，京都的美，讓我真正感悟到唐宋詩人的心靈。第一次到京都，在高瀨川看見垂枝櫻的美麗，我整個人著迷於白色櫻花滿開的絢爛，春風吹起，櫻花花瓣就如雪片般飄零，霎時我感覺時間似乎暫停，然後我突然想起蘇軾的〈東欄梨花〉。」

在他的眼中建築不只是建築，它可能藏有不為人知的前世今生的身世線索，也可能是造就某些聚落的特色基底，以及區域人群的性格、思考的源頭。因而，李清志的作品總能捕捉到建築獨美的信息，同時，他像個老派優雅的嚮導，不疾不徐地為讀者解說大街小巷細弄之間，關於人的情事，關於建築的悠遠歷史，關於空間文化的繾綣秘密。

我特別喜歡作家書寫的京都精神，他說：「京都吸引人的地方，不是物質的，不是口慾的，而是一種精神性的美好！」你會沉浸於京都的溫潤的光圈裡，你會聽見生命被輕輕問安的溫柔，你會聞到京都四季的氣味襲面而來，從傳統到現代，你越過斑駁的歲月屐痕，詩意的禪味的京都，好像一一從文字躍出與你打招呼，原來詩人創作的不是虛假的造作，京都就是「美學救贖的城市，那些麻痺無知的美感官能，在京都這樣一座詩意的城市裡，竟然都被救贖療癒了！」讀到這段文字，彷若身處京都的一隅，感受到心靈寧靜的霎時，作家甚至貼心地把自拍的四季圖片互作烘托，這種圖文皆美的視覺享受，讓讀者喜歡跟著李清志的京都美學步履前進。某些時候，我好像也在解開一處地景的秘密寶盒，絕不能躁進地拆解，必須層層細剝，慢慢走入歷史堆積而來的細緻氛圍，深刻感受京都的優柔與美麗。

握緊手上的寫作王牌

大師兄把接體員的人生寫得鉅細靡遺、感人肺腑，他不靠書寫技巧來炫技，樸實的文字卻讓讀者看到一雙溫柔的手，正為亡者施予無限祝福的虔敬；許悔之從化工的世界出走，回歸敏感善良的詩人之心，為弱勢請命，為餒累的生命帶來微光，科技為我們帶來進步的生活，詩人為我們守護一區心靈的淨土；廖泊喬總是拉著成癮的、憂鬱的病者，企圖以文字當氧氣，讓有點沉悶的世界注入一點愛的熱能；撒可努的原住民書寫讓台灣聲音更嘹亮清澈，原來與自然共處來自於尊重與同理，永遠不要站在自己的立場看世界；至於李清志，則讓我們更相信人生需要「詩、美、浪漫、愛」，這些握有寫作王牌的書寫，是我們獨愛人間、優游於世的真正原因。

書寫絕不是誰的專屬，書寫是每個寫作者在獨處的世界，真誠地記錄生活的苦與難之外，將自己窺見的世界善與美，以文字救贖搖墜的自己。或許，文字傳遞私心的祈願，能再救贖與寫作者有相同境遇的他者，文字變成寫作者與讀者共同的記憶光點，一如蔣勳〈回頭〉提到：「生命如果不是從一點點小小的歡喜讚嘆開始，大概最後總要墮入什麼都看不順眼的無明痛苦之中吧。」不同職業的作家們以文字傳遞生命初始的歡喜讚嘆，他們不只握緊手上的寫作王牌，也讓各行各業都相信自己也可以成為文字的信仰者，只要願意仰著文字的光，我們就能走在相信文字、相信愛的書寫路上。

未來創作者的五種新身分

「閱讀引路人」楊斯棓醫師在《人生路引》中說過：「很多人不知道，廣讀之後我們腦中才能累積足以迸發新想法的燃料，才有機會善用別人的智慧，提升工作效率，甚至轉換跑道。其他事情的排序若堆疊在看書之前，我們只會複製昨日的工序，日復一日，益加無滋無味。」這句話給予未來創作者一個遵循的方向：「廣讀」才能讓我們成為超級預測家；「累積素材」才能成為文字造局者；「善用他人智慧」才能開展想像力；「跨域學習」才能讓作品有趣多元。我認為未來創作者，是善於將輸入透過思辨輸出的人，同時，會運用《最高學以致用法》提及的3：7輸出與輸入的黃金數字，進行成果的運用，進而讓輸出改變自己與他人。楊斯棓以二十八本書談個人成長、創意運用、算盤投資、語言自由，並以同心圓的方式，將自身到他者都會遇到的醫療照護、社會服務等，擴大自助到人助的人生效益，或許，印在書扉上看起來是平凡無奇的字句，但透過作者的創作心意，你會在閱讀的流光中感受到暖流竄入的幸福。試想，在ＡＩ來襲的時代，未來創作者不免憂心忡忡，自己創作的機會是否會因機器人出現而受到威脅與取代？但，我認為未來創作者以自身的謙遜與智慧，賦予自己以下五種創作新身分，就有機會成為未來讀者人生的引路人。

未來創作者是超級預測家

ＡＩ崛起之後，作家該如何想像寫作的未來？當大數據、演算法的資料容量與搜尋速度完全制霸人類的時候，作家彷若有光的創作未來與機會可能會在何處？若從中國文學史韻文的流變來看，從北方民間集體創作的歌謠到南方貴族作家屈原的浪漫辭賦，韻文從集體到個人的改變，燦亮了文學的蒼穹，每個時代因為作家獨有的文字豐富我們對時代的想像，甚至讓我們看到創作者們化身為時代的造局者。又如東漢的張衡，早就是古代的超斜槓專家，不只發明渾天儀、候風地動儀，還讓當代天文星象與科技，領先西方近千年，張衡是一位科學奇才，更是文學界的耀眼明星，他的〈二京賦〉、七言古詩〈四愁詩〉，皆是歷久彌新跨時空的不朽韻文佳作。

為什麼歷代的作家們可以像跑大隊接力一樣，讓每個時代的文學作品、文字創作都極具時代意義與美學價值？他們共同擁有的是「懂得建立、想像、創造各種思考框架的能力」，因而，他們沒有被前人的創作框限，願以開放的思維，站在前人的肩膀上，創作出足以領先當代人思維的文字，並且讓為文學開新局的夢想成真。

再看中唐詩人白居易，他明明就是文學奇才，早已用〈長恨歌〉：「在天願作比翼鳥，在地願為連理枝，天長地久有時盡，此恨綿綿無絕期」，拉高當代文學的天花板，進而又以〈琵琶行〉來談音樂和文學合框的可能性，完美地以嚴謹結構，成功描述聲音之美，並內蘊琵琶女彈奏的不只是音樂，是繁華落盡見真淳的人生風景：「同是天涯淪落人，相逢何必曾相識」，白居易的作品集情感、語言、聲韻、思想為一體。

沒有人能預測白居易的下一步時，他顛覆自己的詩歌風格，走入另一個創作高峰：「補察時政，洩導人情」、「惟歌生民病，願得天子知」，詩歌不再是文學殿堂少數人附庸風雅的產物，它成為改變社會，充滿造局力量的「武器」，甚至他提出「老嫗能解」的說法，讓文學的價值深入庶民人心，「文章合為時而著，歌詩合為事而作」，白居易就像高明的文學預測員，他善於收集資訊，利用群眾的集體智慧，透過強大的社交圈串聯，建立創作的宏觀視角，以蜻蜓的複眼看待所有事件，同時，他不怕失敗，不斷嘗試創新，改革必然遇到失敗與阻撓，他不斷更新創作的最新訊息，為自己下次挑戰提供更好躍遷的條件。

一如《超級預測》提及：精準預見未來不需要天賦和超能力，他憑藉開放的思維模式、收集資訊、側重分析、不斷自我鞭策、時時更新觀點，就能做出比別人準確又值得信賴的判斷。因而，從古人們的例子，我們也能推論：

未來寫作者也必然會是預測未來趨勢的高手。

未來創作者是文字造局者

貝佐斯在《創造與漫想》中曾提到：「這個世界要你與眾無異，千方百計把你拉向跟大家一樣，別讓它得逞。」人類最強大的能力，不是複製知識，而是做出判讀與精準的決策，透過人類思維的格局，打造日新月異的新局。我們比AI厲害的，是擁有無數不被框架的「思考模式」，它讓我們建立擁抱變化的思考邏輯，發揮解決問題的能力，甚至重啟思考的框架，讓我們藉由過往的經驗以及能力的培養，不斷地去想像未來可能發生的各種情況，務實地做出決策，成功地往下一步前進。我很喜歡書中提醒我們的：「與其找出七百個類似的想法，不如找出七個不同的想法。」沒錯，多元的思考價值讓我們的決策變得更有價值，甚至有機會改變世界。

因而，寫作者的未來是為讀者「建立思考框架」，即便是擔任「譯者」，也必須善於「解碼」，某種程度上來說，優秀的翻譯比起創作可能更加困難，若要如實呈現作者的創作意志與作品真義，就必須理解作者創作的動機和背景。同時，在用字遣詞上也要能符合當地熟悉的社會文化用語，並站在讀者立場去思考。一如被譽為「日本文學作家最佳中文代言人」王蘊潔，從不曲解作者的本意，並在關鍵字進行精準轉譯，著重查證，建立譯本的正確性、權威性，最重要的是把讀者當成自己的另一半，她曾說：「同樣一句原文，當對象讀者分別是兒童、青少年或專業人士時，譯法和用字會稍有不同。」因而，譯者追求的和創作者相似處就是在文字細節上追求完美的態度，這是放諸四海皆準的創作準則。曾經有位生於公元四世紀的「譯經第一高手」鳩摩羅什，生於西域的龜茲國的他，竟能超越本地人，以優美流暢的漢語譯經，甚至他翻譯的《金剛經》直接融入在地化的精神，並以「達雅」的譯筆，讓佛學變成邏輯清晰、信者易懂的經典，如「大千世界」、「大慈大悲」、「普渡眾生」等耳熟能詳的用詞，奠定其無法被取代的地位。因而，ChatGPT 即便再厲害，也無法做到創作或譯本客製化、細緻化，創作抑或是翻譯，能夠深入人心的，是透過思考模式，讓作品獨具個人書寫的靈魂和風格，即便同性質的創作千百種，你就是能圈粉，留住讀者的忠誠度，即便譯本無數，讀者還是獨愛這位翻譯者的作品，因為你的思考模式無人能取代，因而你是創作界稀缺的文字造局者。

未來創作者是想像力製造機

記得美國詩人史坦利．康尼茲（Stanley Kunitz）曾說：「腦中的詩句總是完美的，當你試著轉變成語言寫下來時，阻力就來了。」創作者天馬行空的想像力是作品的來源，如何讓奔放的靈感，轉化成曠世的作品？文字猶如潮汐往復牽引創作的旅程，我們想要把作品當成何種人生禮物誠懇地送給心愛的讀者？我想：「平成國民作家」宮部美幸從創作理念、觀照角度、情感投射以及市場回饋四個面向，在作品中完美地演繹與呈現一位優秀作家的身影。她的創作觀照自己跨界的生活經驗和過往日本歷史文化的元素，讓文字加入豐沛的想像力，重組應用並擴展素材價值，成功引起讀者內在的共感與共鳴，使其作品無縫接軌作家與讀者情感的共同投射。出道超過三十五年的她，創作的題材完全顛覆讀者想像的範疇，題材兼具推理、奇幻、怪談、社會寫實等，而且她的作品都兼顧質量與市場回饋，不只得獎無數，而且本本暢銷。有人說：幾乎每位日本人手上都會有一本宮部美幸的作品。同時，從不設限作品的多方經營，她的創作既可以影視出現，也能以廣播劇、舞台劇展演，同時積極跨域與漫畫家、插畫家攜手擴展創作的無限可能。當然，她擔任過事務所速記員，甚至是「東京瓦斯」的催繳員，這些曾接觸過各行各業、不同階級的工作經歷，不僅豐富了她筆下人物百態的人生，也成為她書寫真實人生的重要媒介。同時，最令人佩服的是作家完全無法被劇透的創作想像力，善從社會議題、疫病侵擾與鬼怪等題材，表達自己的創作理念，看似殘酷的現實、冷峻的人性的背後，作家運用敏銳的觀察力，做出黑暗與光明是一體兩面的深刻反思。你的惴惴不安被作家滿溢溫暖筆鋒的句子療癒了，即便人性黑暗幽微，但是我們不能放棄愛與希望，那是優然走進光明世界的唯二支持，當我們歷經了撕心裂肺的痛楚，才能真正明白：人性光輝是我們之所以為人的高貴情懷，這是宮部美幸為讀者開拓的療癒疆土，帶給讀者們越過善惡辯證之後，讓作品引光走進讀者的心裡，找到更清晰的生命與是非選擇吧！

未來創作者是跨領域致勝者

「瑞士特快車」羅傑·費德勒（Roger Federer）被譽為網球史上最偉大的球王，二〇〇一年許多球迷在電視機前面，看到眼睛帶光的他在溫布頓痛擊成就斐然的球王山普拉斯。剎那間，所有人都驚呆了，這個無名小卒憑什麼打敗山普拉斯？這也成為球迷們津津樂道的共同經驗。接下來的二十年，他開始瘋狂改寫網球新歷史，這位新球王創造了勇奪二十座大滿貫冠軍的奇蹟。但很多人不知道，費德勒在愛上網球之前，他曾是壁球選手、滑雪選手、游泳選手，還當過拳擊手，嘗試過桌球、籃球，最後，他竟在足球員和網球選手之間陷入天人交戰。直到十四歲進入瑞士國家網球中心，他歷經了「過盡千帆皆不是」的心境，終把網球當成一生志業。

創作者可能無法像AI一樣秒產出作品，但是曲繞的創作過程，反倒成為我們作品的沃土，創作者廣泛涉獵、多方嘗試，造就獨特的書寫經驗，就能以多面的角度觀看世界，一如大衛・艾波斯坦在《跨能致勝》中提到：「先接觸各種方法，之後再鎖定目標，系統性學習，大量投入練習。」能在專業領域大放異彩的，常是具創造力的跨能人才，觸類旁通、發揮創意是他們共同的特色。一如元曲四大家之一的關漢卿，他的雜劇成功地透過社會階級的矛盾衝突，揭示在異族統治下難言的反抗精神，《竇娥冤》、《拜月亭》、《單刀會》之所以能深入民心，來自於關漢卿把自己定位成「故事手藝人」，他不追求世人眼中的成功方程式，出身醫戶的他，沒有走傳統讀書人的老路，反把編劇家當作自己的志業，跨域的生活經驗，他的創作反映廣闊的社會生活面貌，展現出人們心中勇於挑戰惡勢力的膽識，讓他的創作閃爍理想主義的文學光芒。因而學者熊夢祥如此稱讚關漢卿：「生性倜儻，博學能文，滑稽多智，蘊藉風流，為一時之冠。」一個讀書人不把當官科考當作人生選擇，因愛戲、演戲、寫戲，而催激出全民的戲劇魂，正因他以「說故事」為人生職志，就懂得一部戲成功的各種面向，體會劇場人生的諸多不容易，積極栽培雜劇新人，提高他們的社會地位，讓填詞譜曲不再是上流社會的專利。更將元曲引入批判的思想性與時代的藝術性，跨領域的人生經歷，讓書寫能痛斥社會的黑暗腐敗，也能勾勒小人物溫暖明亮的生命 High 歌。關漢卿以雜劇家的身分，讓知識分子有機會走出狹隘的書房，遠離上流社會的宴飲聚會，了解到若能守護自己的創作初心，就會被大家記住。就像費德勒說過的：「一旦你找到心中平靜，那個寂靜、安靜、和諧和自信之處，就是你打好比賽的時候。」打好球與寫一部好作品一樣，從擴展人生經驗、多元涉獵知識、讓創作能觸類旁通，自然就能找到文字跨域延展的擴及力。

未來創作者能解決他人問題

我們都以為創作者在寫作時，他所思考的可能會是——這本書如何能讓五年或十年後的讀者去閱讀？將來，他們要如何運用這本書？我的未來讀者可能會是何種樣貌？他們可能會遇到什麼問題？但是，世界詭譎多變，變數太多，尤其AI時代來了，我們都很難預測彼此的下一步在哪裡？我很喜歡古賀史健的說法，除了顛覆你我的想像之外，也十分精闢地提醒我們：「考量內容的普遍性時，要看的不是『未來』，而是『過去』；不是去年、前年之類的過去，而是十年、五十年，甚至一百年前的過去，再思考應該創作什麼樣的內容。」他認為《被討厭的勇氣》之所以可以長銷，甚至會讓一百年後的讀者繼續翻開它的原因很簡單，他在初作之初，先反溯地想像百年前的讀者群像。一百年前的讀者會喜歡的作品，一百年後依然會喜歡，他談的是作品的共同性、普遍性，並把作品定位為全球讀者都能接受的價值觀，文字不受種族、地域、性別的影響。他明顯意識到創作者必須要掌握的是「全球普遍性」的價值，它也是經典之所以能超越時間、語言、國界藩籬的主因。因而，我們從《與成功有約》這本書來看古賀史健的寫作思維，這本經典好書出版至今超過三十年了，成功學大師史蒂芬．柯維利用七個習慣幫助讀者找到更好的人生與未來。他的思考與文字橫跨漫漫時光的長河，為何能讓不同年紀、階級的讀者通通都「買單」？就是他解決所有人面對成功的共同問題。關於領導和成功是每個人都亟欲追求的，作者「由內而外」談品德、人際關係、管理領導、團隊組織四個區塊，其中在抽象的品德議題，重新申論成功的領導人必備的不是個人領袖魅力，反而是正直的性格，願意履約的誠信特質。同時，他也給出務實的實踐方式，讓讀者可以按圖索驥地完成人生的成功之旅。接著，他提出過去我們很少去論及的雙贏思維，真正的贏家是內在價值平衡且和諧，同時也顧及他人的感受，滿足自己的需求，創造兩者最大價值的可能。因而，同理心常常是雙贏重要的特質，唯有同理他人，你才能獲得信任並且看見對方內在真正的需求。作家最厲害的地方是，他創造了一種品牌認同，讓成功者的身分定位明確，因而，作品除了談人生成功術，也談生命哲學，因而，它不會因為時空改變而失去它的獨特性，反而每次閱讀都能觸動更多讀者觸發自己對成功的反思與內省。史蒂芬．柯維找到成功人生的常態性、普遍性、共同性，因而作品歷經時間的淬鍊，依舊能不斷更新且改變自己與他人的人生。

傳統的作家一生以寫一本好書為志業，這樣的熱情與信念依舊是未來書寫者必備的初心，未來的作家應為自己的創作做好寫作規劃，同時，讓自己成為有獨立思考的造局者，要能建構多元思考模式必然還是要大量閱讀，成為不斷精進的學習者。我一直很喜歡樊登說書的理念，他誓言「改變三億人的閱讀習慣」，認為閱讀能掙脫思維束縛，獲得內在提升，想要透過說書帶領讀者突破思維的邊界。因而，身為一位創作者，我會訂閱知識網紅的頻道，從他們選書、說書的定位，察覺他們獨到的選書邏輯，同時也會是自己在創作時可以涉獵的靈感來源。他們從關鍵思考帶領讀者改變固化思維，同時，以改變當作踐行，這個做法不也是創作者書寫的安靜革命嗎？我們不只是希望讀者喜歡我們的作品，同時，更希冀他們能從中去找到人生的解方，去改變目前的困局，成為更好的自己，進而相信自己、熱愛生活、銜接未來。一位優秀的未來創作者，不只能幫助讀者成為人生終極戰士，也會讓讀者因為親近文字能變得更幸福快樂，一位未來的創作高手，絕對不會害怕寫作機器人的挑戰，因為我們找到未來創作者的五種新身分來加持我們的書寫，讓它成為不被時代淘汰的經典之作。

歸零與重塑
——不同世代作家的書寫風景

不同世代的作家，經歷迥異的人生風景，以文字記錄路過卻沒有錯過的心事，圓滿了我們對過去以及未知世界的完整想像。有人溫柔企盼，誠懇地以文字接住正在哭泣的讀者；有人以寬然回甘的筆墨，解釋難以言說的生命秘密。不同世代的作家，以各自文字的音符奏響生命自由的樂音，即便隱晦勾勒關於生命、關於人生的奧義，在相信愛之前，驟然逝去的美好，是你必須全然經歷的「類」死去，唯有歸零與重塑，才有機會尋回無須抵抗後的書寫勇氣。

一位優秀作家的存在，無關性別、年紀，重要的是他／她對文字有超凡的駕馭能力，無論是詞彙的使用、文意的敘寫，以及傳達個人具有辨識的書寫風格。他們皆有一雙敏銳的觀察之眼，善於找出專屬又獨到的創作體裁，與讀者建立友善的互動關係。猶如電影《北非諜影》提及：「你的氣質裡，藏著你曾讀過的書、走過的路、愛過的人。」我們從作家靜寂的文字裡，發掘蘊藏的深邃情感，讓不同世代的作家停駐我們心底，歷經時空淬洗，跟著時代重塑的文字烙印著故事的軌跡，動人的書寫扉頁卻始終燦新。

輕叩彼此相信世界的真心，留住即將消逝的美麗剎那

有些作品是專屬一個世代鐫刻的雋句，唯有這些年輕作家才能寫出代表其世代的聲音。一如一九九九年出生的張嘉真，她被文學界稱為「天才少女」，首部作品《玻璃彈珠都是貓的眼睛》以青春與愛，作為緝追成長答案的方式，每段看似負傷前行的生命練習，都是更理解「自己是誰？要往哪裡去？」的歷程。命運不會對誰手軟，在時光的推移下，你得從黑暗走到光明，得從迷霧走出，才能抵達有光的驛站。書中的五位少女在愛與不愛之間載浮

載沉，張嘉真寫作的技巧既精煉又樸實，兩者看似衝突，卻是其讓讀者與品評人驚豔的創作特色。她透過五篇短篇小說展現一種自身獨有的寫作氣質，誠如朱宥勳說的：「張嘉真作品的純真與技藝的純熟是並存的，並不需要仗著『少年情懷總是詩』來掩護過關。」甚至以鍾曉陽《停車暫借問》來作比附。張嘉真《玻璃彈珠都是貓的眼睛》：「所有平凡的事物，本來都有貴重的來歷，一如我們早被前人重演過上億次的青春。」同樣處於青春年歲，且在戲劇圈表現極為出色的林予晞，除了透過戲劇表演讓大家認識她之外，她更期待能透過文字轉換演員的身分，讓年輕讀者能從文字重新認識不一樣的攝影散文家林予晞。她的第一本攝影散文集《時差意識》，透過五個風格迥異的主題設計，書寫基底略帶灰澀調性，輔以圖片捕捉到的細膩情緒，形成既蒼涼又明亮的圖文風格。她在自序中曾說：「在不同時區旅行的途中，調時差的時刻，我總是隨身帶著相機。」因而，她不只用文字記錄人生，也用圖片框住寂歡悲喜的時間片刻，從影像光影到文字幻影，當安靜獨處的快門按下，自己與自己、自己與人群、自己與世界，時間瞬間交錯、心情凍結，她的作品溫柔也強悍地留住即將消逝的美麗剎那，引起新世代讀者的廣大迴響。

置身在社交平台、傳媒豐沛的時代，千禧世代的溫如生趁勢崛起，並在台灣文壇占有一席之地。靠著獨特的文字風格，以及新世代讀者喜愛的特質，她倚著文字的餘光，凝視不溫柔的世界，成為許多讀者仰望的療傷之光。溫如生說：「我實在是一個需要點神秘感來保護自己的人。」她自詡為透過創作學習溫柔的矛盾存在，這個說法也成為新世代心靈的領航者。她擅寫故事的畫面感，透過場景的設計，人我生動的互動舉例，去勾勒複雜難描的情緒，讓讀者細細品啜文字以外的弦外之音。她自陳不是很直白對決情感的書寫者，一如她在《願你在深淵綻放》提及：「如果拒絕去看見和接受這個世界的複雜性與多樣性，那其實我們也是拒絕了某一部分的自己。」溫如生以文字和讀者留住愛過、恨過、哭過、笑過的美麗霎時，從文字的相互取暖到把記憶鑄成無傷的永恆。各自負傷的生命旅程，她輕然地說：「感性留給故事，理性留給生活；眼淚留給傷痛，眼光留給愛人。」這些文字讓我們在經歷無常逆境、徹底顛覆慣常舒適圈時，純美的世界不致瞬間毀滅。同時，當崎嶇難行的仄徑橫亙於前，她告訴讀者：「熬過不能選擇的時候，才能選擇自己想要的生活」，藉由苦熬的歷程，我們決定未來回看時生命的高度與廣度，苦與痛，皆具有人生中深刻且不能取代的時間意義。

溫如生第一本書《聽說時光記得你》把二十四篇故事各自搭配一首歌曲，文字療癒人心，歌曲陪伴我們走過寂傷時光。成名後的溫如生，依然選擇過著自己緩慢低調的日常，她說，七年級生對於發文排解情緒是很直接又受用的。或許，寫著寫著，痛楚雖不會過去，但是，你會發現有人透過文字在傾聽你的無助和疼痛，這是書寫者帶來的集體共情共感。在最新作品《致那些殺不死的浪漫》中，溫如生大開創作之們，挑戰小說、散文、極短篇、詩等四種文體，你會窺見她穿梭在古典與奇幻之間，開闊小說書寫的視域；你會凝睇她徘徊在尋常與不凡之際，收藏彼此的情事；你會傾聽她專注於極短篇的拓展，震撼你的閱讀感知；你會走進她絕美的浪漫詩界，輕叩彼此相信世界的真心。溫如生的文字讓你在翻閱扉頁的每一刻都精采，她作品的暢銷與存在，見證書寫新世代的新風景。

拾起生命的珍貴片段，望見真善美的美境

詩人吳俞萱在青少年期曾遭受同儕嚴重的霸凌，她經歷的情節與韓劇《黑暗榮耀》十分相仿，直至後來她在高中的文藝營讀到詩人非馬〈秋葉〉一詩：「葉落／乃為了增加／地毯的／厚度／讓／直直墜下的秋／不致／跌得太重」。她沒有像女主角選擇黑暗復仇之路，她找到《模仿犯》說過的：「這個世界黑暗不會消失，我們能做的是用更多的溫暖和光去平衡。」如果，背對黑暗面向光明，我們換個視角看待世界，初聽秋的跫音可能是悲愴蒼茫，再聽也可能是醞釀生機的起點。當年的吳俞萱沒有可以相信的大人，因為一首詩的救贖，她相信遠方有詩、世界有光。後來，她返鄉回到池上，選擇以孩子的視角，以親近他們、陪伴他們的方式，教他們用詩人的靈犀之眼寫詩、創作。吳俞萱沒有堅持課堂的秩序，當年青春期，她曾是被壓抑的靈魂，如今角色互換，她期待能以「尊重渾沌」的方式，讓學生順應生命、找到自然自主的創作原力，她為孩子們講授一堂又一堂教室外湛藍清澈的文學課。吳

俞萱那些略帶滄桑暗含成長斧痕的曾經，透過文字傳遞出深刻又斑斕的過往時光。吳俞萱在《居無》自剖：「我好像可以無時無刻居住在一無所有、但又什麼都擁有的狀態裡。」原來，文字慰安漂泊的靈魂，也鼓舞正在迷茫的我們。我特別喜歡她提及的一段生命經歷，她曾對火車上偶遇的懵懂孩子許諾：「你完了，我要陪著你長大」，那是孤獨孩子遇見詩人的獨寵，一如過去，她的成長缺乏好好的陪伴，沒有好好練習愛著寂寞的自己，那聲輕喊：我要陪著你長大，彷彿是對著過去沒人陪伴的自己認真擁抱的儀式。「你完了，我要陪著你長大」，這段文字傳承世界的真善，讓我們的內心不再有怨恨與遺憾。至於，她在《暮落焚田》提及織羅部落的Oduy說：「要起火，要有煙，祖靈才會接到我們的訊息。用完除草機，還要放好，不能隨便丟在地上，不然以後它就不幫我們工作了。要尊敬我們的工具！」作家吳俞萱用另一個姿態出現在我們的面前，原來，從青澀到輕熟，作家在不同年紀的作品，陪著讀者慢慢蛻變，相互拾起生命的珍貴片段，作家賦予其文字寓居的神性，以更謙卑的心意去回望有缺憾的年歲，從閱讀到寫作，失落的時光都默默被尋回，缺憾都靜靜被縫補起來。一如德蕾莎修女說過的：看大自然的花草樹木如何在寂靜中生長；看日月星辰如何在寂靜中移動……我們需要以寂靜，觸碰靈魂。不同年紀的作家們透過書寫尋找一個世界的解釋，文字帶來寂靜的自省，讓創作的餘燼得以重燃，望見真善美的美境。

來自台東池上的原住民作家馬翊航，在創作世界顯得早慧而「慢熟」，直至三十五歲才出版自己的作品。馬翊航提及自己就讀台文所期間，大量閱讀喜歡與不那麼喜歡的作品，「保持和文學的親近度」。他自陳自己受花蓮小說家王禎和影響頗深，尤以《玫瑰玫瑰我愛你》透過滑稽幽默的筆觸，描繪美援時代「人間淨土」花蓮，社會風氣從傳統純樸到唯利是圖的崩壞感，是王禎和讓馬翊航了解：每個人都有他脆弱的時刻，也有他可鄙的面貌。但說到底，每個人也都有值得同情的地方，甚至可愛的一面，不一定做出錯誤的決定，就會一直處於「壞人」的形象，撕除刻板印象的標籤，來自小說家對人性細膩體貼的寬容與尊重。身為寫文學的人，我們需要不止一種語言，那個時期他認識台文所的寫作者，如陳栢青、楊富閔、顏訥、湯舒雯等，有志一同的創作環境讓他在文學創作上找到更大書寫的動力，甚至把自己放進各個階級去體會、去感受那個「我」。書寫是重新建構生命系譜與原住民身分內省的生命經驗。作家藉由書寫揭露自己過往不為人知的身世，他的父親是來自 Kasavakan 建和部落的台東卑南族人，翊航認為創作者始終是對自己的文字負責：「在對文字負責的同時，也是在用我的方式，回應他人對原住民作家的定義與期待。」從散文集《山地話／珊蒂化》和詩集《細軟》，他的文字驚豔所有的讀者，作品中的山地情歌、姊弟鳥等原住民族特有的豐沛創作元素，透過文學的方式觸及讀者大眾，讓不同族群與其生命經驗交疊互感。他認為每個時代都有其書寫的優勢和困境，就像自己從逃跑到回歸故鄉，繞一條遠路的自我探詢，終究是抵達台東、回池上老家了。

《山地話／珊蒂化》我們見證作家成長的母土與過往時光互融的記憶質感，用書寫抵抗記憶模糊的速度，當你開始提筆寫下往日舊事，你會發現遺失的感覺有多讓人崩潰。作家透過文字提醒我們過去並沒有走遠：「文字讓它還在這裡」。「故鄉」成為馬翊航文學創作的起點，「原住民身分」讓他更理解「寫作」的初衷，我特別喜愛馬翊航描寫日常微物帶來內在愉悅，還有他對於微小物件深藏的真實情感，他稱為物件的「執迷」，具有記憶的物件也是自己靈感與創作的來源。這個書寫特色在其詩集《細軟》完整呈現，他說：「當我開始寫作，我是一個很普通的，正在寫作的原住民。」

馬翊航在文字中釋放與接收寫作的信息，乘著文字的暮色，在光影中繞行，他交換心意也作別舊憶，從懵懂到清明，問世界也問自己，這就是不同年紀作者在文字世界與前輩作家以文字對談的書寫禮物吧！

透過書寫測量土地，創造不同世代的共同記憶

回望這幾年，三年級作家陳耀昌的小說創作極有特色。尤其，他突破不同世代年紀限制，寫出一部部代表台灣聲音的歷史小說，不只圈住無數年輕讀者的閱讀目光，也讓同樣生命經歷的成熟讀者，能開啟與不同世代的讀者進行對話的可能。就像故事之王史蒂芬·金在《史蒂芬·金談寫作》提到：

「當我讀詹姆士．肯恩來的作品，我寫出來的文字都是短促、直接、冷漠的。當我讀洛夫克拉夫特時，我的散文就變得華麗，而富有拜占庭風格……這種寫作風格的混合是在創造自我風格的過程裡不可或缺的部分，但它不是憑空出現的，你必須廣泛地閱讀。」醫師陳耀昌出身府城，其家族具有西拉雅族與荷蘭人血統，同時在台南古蹟與在地文化的薰染下，讓他從事醫師工作之餘，身體力行地走進廟宇、田野，辯證史料的缺漏與空白。每走一步路，他就會不斷質問自己：面對自己的家鄉、自己的時代，如何為台灣留下正確歷史意涵的文字？猶如靈魂般的拷問，陳耀昌說，答案其實在高三讀到李敖《傳播者胡適》就已經成形了。他傾盡所有，只為書寫台灣近代史而來。他是台灣史的播種者，透過書寫實踐帶領年輕世代更真實地了解台灣這塊美麗的土地——我們的母親。

作家陳耀昌善用官方史料，透過自身的訪查，重新進行類翻案的書寫，台灣史中的失敗者都成了他書寫的主角，透過悲劇英雄的不卑不亢，進行所謂反歷史的小說創作，讓讀者看到更多悲情人物即便面對失敗，面對痛苦的折磨，他們對台灣有守護土地的熱情，他們代表不同的族群共同捍衛的台灣價值與人之所以存在的意識。他以宏觀巨視的寫作視角，深刻剖析先民遺留給我們的在地史料，可能是口傳的故事，可能是已斑駁的遺址，可能是不被翻開的紀錄，以考據的方式、小說虛實的筆法、人文主義的風格，開啟嶄新的台灣史觀。

台灣在動盪的航海時代，其內局和世界舞台的關係，因不同民族在台灣土地的多源匯聚，奠基在專業史料的豐厚沃土，先以踏查荷蘭查某祖的生命軌跡，以原漢之間似真似假、錯綜複雜的族群情仇，從對立到交融的小說原型，運用有情有淚的故事，還原當代庶民情感與時代真實的記憶，如同胡晴舫說的：「這是小說化的歷史而非歷史化的小說」的寫作新趨勢。從《傀儡花》到《福爾摩沙三族記》長期處於「無聲」的原住民族，在他的小說中可以用不同的立場扭轉過往歷史的偏見，例如，《獅頭花》是以瑯嶠十八社與日本軍隊、清朝軍隊的戰爭為書寫背景，官方歷史記載以「歸順」或「投降」給日本、清朝作為史觀，但陳耀昌卻以原住民觀點，描寫大龜文酋邦如何與日軍、清軍進行不同規模的抵抗與戰鬥，即便最後大龜文酋邦無法成為勝利方，但至少不是用寥寥幾筆的歸順、投降統攝真實存在的歷史事件。他甚至還從族群和解的角度，來鼓勵原住民族開始書寫自己的部落史、讓台灣史加入原住民的文獻與史觀，突出台灣族群在殖民時期奮勇抵抗的英雄形象，並企圖從陸地跨域到海洋思維，顯現真實多元的台灣史精神與反歷史的小說精神。

優秀的作家無論年紀大小，都是大量閱讀與勤奮寫作的，從輸入到輸出，這是創作絕不能缺乏的日常累積。閱讀讓靈感與繆思隨時更新與活化，你會感受到創作者的書寫熱情迸發，隨著歲月的足跡走去，他們果真越寫越好，這種寫作者自創天花板的自我挑戰與內在激勵，一如吳晟在個人紀錄片《他還年輕》展現詩人永遠不老的作家形象。當年國文課本中為無數學子留下「甜蜜的負荷」餘響的吳晟，後來變成關懷土地、認真種樹的詩人。性格溫和的他，一生都為農民發聲、為土地說話，他是台灣的「鄉土詩人」，也是在地的田園詩人。沒有吳晟，台灣的農民文學就缺了一大塊的書寫拼圖，他圓滿了過去我們對台灣純樸農村的想像。余光中曾說：「只有等吳晟這樣的作者出現，鄉土詩才算有了明確的面目。」吳晟更是一位從不容許自己隱身在墨筆之間的書寫者，他投入反國光石化運動，甚至變成「種樹」的男人，他為環境、土地以及下一代做出永續環境的請命，儘管過程耗時費力，一如楊翠說的：「吳晟在書寫與行動、書房與現場之間的來回奔走，確實使他不斷自我拉扯、擠壓、對話、辯證」。

吳晟在〈我不和你談論〉寫道：「我不和你談論詩藝／不和你談論那些糾纏不清的隱喻／請離開書房／我帶你去廣袤的田野走走／去看看遍處的幼苗／如何沉默地奮力生長——」那是從國文課本出走的吳晟，揚起年輕的帆走進年輕世代的生活之中，你會看見他「橫眉冷對千夫指，俯首甘為孺子牛」，不斷為新世代的公共議題極力奔走。你會讀到他將文字化為行動，和捍衛土地正義的台灣人民站在一起，這亦是詩人此生不變的寫作初衷，永遠背負於身「最甜蜜的負荷」吧！

哈拉瑞在《二十一世紀的二十一堂課》提過：「想跟上二〇五〇年的世界，人類不只需要發明新的想法和產品，最重要的是得一次又一次重塑自己。」未來的創作者也行旅在讓自己歸零、重塑自己的歷程。接受時代的嶄新思維和想法，盡情探索未知的領域，如同文中不同世代的書寫者，他們透過書寫示範了自己如何從閱讀重塑自己，找到創作的未尋之途。他們不只堅定地遙望生命的遠方，更以新穎的文字視域，帶著自己與讀者越過每段蜿蜒的生命仄徑，用更廣袤的創作姿態邁向時代書寫與個人創作的嶄新啟程。

國家圖書館出版品預行編目資料

一筆入魂：怡慧老師的創作人生課 / 宋怡慧著. -- 初版. --
臺北市：平安文化, 2023.9 面；公分. --
(平安叢書；第0767種)(宋怡慧作品集；01)

1.CST: 寫作法

ISBN 978-626-7181-81-2（平裝）

811.1 112012484

平安叢書第0767種
宋怡慧作品集 01
一筆入魂
怡慧老師的創作人生課

作　者—宋怡慧
發 行 人—平　雲
出版發行—平安文化有限公司
台北市敦化北路120巷50號
電話◎02-27168888
郵撥帳號◎18420815號
皇冠出版社(香港)有限公司
香港銅鑼灣道180號百樂商業中心
19字樓1903室
電話◎2529-1778　傳真◎2527-0904
總 編 輯—許婷婷
執行主編—平　靜
責任編輯—張懿祥
美術設計—之一設計／鄭婷之、李偉涵
行銷企劃—鄭雅方
著作完成日期—2023年
初版一刷日期—2023年9月
初版六刷日期—2023年12月
法律顧問—王惠光律師

讀者服務傳真專線◎02-27150507
電腦編號◎591001
ISBN◎978-626-7181-81-2
Printed in Taiwan
本書定價◎新台幣350元/港幣117元